Augusta Verburg

TRUTH AND DARE

Maaike maakt haar keuze

the house of books

Vormgeving omslag: Mariska Cock
Foto omslag: Bonnita Postma
Modellen op voorkant: Eelco Franz, Jason de Lange en
Nathalie Puyn

Opmaak binnenwerk: ZetSpiegel, Best

Serie: TRUTH AND DARE

ISBN 90 443 0634 0
NUR 283
D/2002/8899/173

1

'Weer een 4.'
Peter Brandt, de leraar wiskunde, blijft bij Maaike staan. Hij laat haar het proefwerkblaadje zien. Het staat vol rode strepen.
'Hoe komt dit nou, Maaike?'
Maaike kijkt naar haar blaadje. Mooi zo, een 4. Nu staat ze gemiddeld een 6.
'Het zijn zulke onlogische fouten!' Aan zijn stem kan ze horen dat hij er lichtelijk wanhopig van wordt. Ze begrijpt het wel: haar laatste cijfers zijn een 3, een 4 en nu dus weer een 4.
'Ik zal het volgende keer beter leren,' belooft ze om hem te troosten. Ze wil niet dat hij zich zorgen maakt. Daar is hij te aardig voor.
Peter schudt zijn hoofd.
'Daar zit het niet in,' zegt hij. 'We moeten na schooltijd maar even praten. Hoe laat ben je uit?'

Ze moet Milan waarschuwen. Hij zit in 1A.
'Wat hebben die het laatste uur?' vraagt ze aan Brenda. Haar broer zit bij Milan in de klas. Hij is op de basisschool een keer blijven zitten.
'Hoe moet ik dat weten?' Brenda slingert haar tas over haar schouder. Op haar hoge laarzen wiebelt ze de klas uit.
Maaike haalt haar schouders op. Ze had het kunnen weten: Brenda geeft alleen normaal antwoord als je Wendy heet. Of Joep. Of bij het clubje van Didier hoort.
Ze stuurt wel een sms-je. Hopelijk heeft Milan zijn mobieltje bij zich. En anders merkt hij het wel. Razendsnel typt ze: Moet naar Peter. Kom later wel naar de Plas. Als het gesprek tenminste niet te lang duurt. Peter laat je niet zomaar gaan, hij wil je echt helpen. Dat komt nu wel een beetje lastig uit. Vooral omdat het niet nodig is.

'Kom binnen.'
Peter doet gauw de deur achter Maaike dicht. Het tocht. Alle ramen van het lokaal staan open. Het is bloedheet vandaag.
'Ik weet dat je liever naar buiten gaat, maar ik wil dit gesprek niet uitstellen,' begint hij. 'Wat is er met jou? Ik begin me echt zorgen te maken.'
Maaike heeft het antwoord in haar hoofd al klaar.
'Hoeft niet. Ik kies toch niet voor wiskunde. Daarom leer ik het niet meer zo goed.'
'Dat geldt dan zeker ook voor Frans. En voor Engels. En voor Nederlands.'
De andere leraren hebben blijkbaar ook gepraat.
'Ik ben je mentor, Maaike. Iedereen komt naar mij toe. Ze maken zich zorgen. Je haalt de ene onvoldoende na de andere. Hoe komt dat toch? Zijn er thuis moeilijkheden?'
Welnee. Thuis is gewoon gezellig thuis. Ze hebben net weer een babytje van drie weken gekregen. Sammetje. Zijn moeder is verslaafd. En Joëlla van twee is er ook nog steeds. Dat is zo'n schatje. Als ze haar nou eens mochten adopteren. Want dat is het vervelende van een pleeggezin zijn: net als je gewend bent, moeten de kinderen weer weg. Vooral met Zoë was dat erg. Ze had vier jaar bij hun gewoond toen ze terug moest naar haar moeder. Dat is nu twee jaar geleden. Ze hebben haar nooit meer gezien. Mocht niet, zeiden ze bij de voogdijvereniging, anders kon ze niet goed wennen. Haar vader en moeder waren woedend. Toch nemen ze nog steeds kinderen aan.
'Ik laat me door dat geklungel van die lui niet weerhouden kinderen in huis te halen,' zegt haar moeder altijd. Ze mogen alleen niet meer zo lang blijven, hooguit een maand of twee.
'Anders verlies je weer een zus of broertje. Dat kan niet nog een keer.'

Peter is er nog steeds niet uit.
'Wat is het dan? Je gaat me niet vertellen dat je het niet meer kunt.'
Maaike zwijgt. Wat zal ze zeggen? Natuurlijk kan ze het wel.
'Ben je soms verliefd? Legt dat je hersens lam?'
Verliefd? Dat zou wel een mooie smoes zijn. Maar het levert

ook een hoop gezeik op. Straks willen ze weten op wie. En wat moet ze dan zeggen? Ze schudt haar hoofd.
'Met deze cijfers kun je straks niet eens meer naar de havo. Laat staan naar het vwo. Daar wilde je toch naartoe?'
Nu moet ze oppassen. Zal ze ja of nee zeggen?
'Ja.'
'Echt?'
Hij gelooft haar niet. Ze moet overtuigender zijn.
'Ja. Echt.'
Peter denkt na.
'Wil je me vertellen wat je allemaal doet als je thuis bent? Misschien begrijp ik het dan.'
Zie je wel, hij geeft het niet op. Dit kan nog lastig worden. Vaag blijven maar.
'Van alles.'
'En wat is dat "alles"?'
'Muziek luisteren, tv kijken, internetten...'
'O ja? Hebben jullie thuis een computer tegenwoordig?'
Shit! Hoe weet hij dat ze nog geen computer hebben? Ze krijgt een kleur.
'Ik ga altijd bij een vriendin. Ik krijg een computer voor mijn verjaardag.'
Haar vader en moeder wilden nooit een computer. Ze wisten niet wat ze ermee moesten.
'We kunnen zelf prima schrijven en rekenen,' zegt haar vader. 'Daar hebben we geen computer voor nodig.' Maar omdat zij zo graag op internet wil kijken, kopen ze er een voor haar.
Peter vraagt door. 'Slaap je wel goed? Is het niet te druk in huis met het babytje?'
Hij heeft met mam gepraat! Dat kan niet anders.
Als ze maar niet denken dat het aan de kinderen ligt. Dat is niet zo. Joëlla mag best blijven. En Sammetje is juist zo lief.
'Ik hoef niet naar het vwo. Ik vind mavo ook goed.'
'Waarom Maaike? Waarom?'
Waarom moet ze nu bijna huilen? Dat wil ze niet. Maar vertellen kan ook niet; dat snapt geen hond. Ze zullen haar proberen om te praten, haar toch naar het vwo sturen. En dat mag niet gebeuren.

Peter legt zijn hand op de hare. 'Ik weet dat je iets voor me verzwijgt. Ik kan je niet dwingen je hart op tafel te leggen. Ik kan alleen maar hopen dat je jezelf geen pijn doet.'
'Nee nee, dat is het niet. Het gaat niet om mij.' Zij is gelukkig.
'Om wie gaat het dan wel?'
Ze schudt haar hoofd. Ze zegt niets meer.

'Milan!'
Maaike zoekt op alle bekende plekken bij de Plas. Waar zit die kloot nou? En waarom neemt hij zijn mobieltje niet op? Ze zal nog maar eens bellen. Zie je wel, weer voor...
'Hallo?'
Het is Milans stem niet.
'Is dit het nummer van Milan?'
'Ik ken geen Milan,' zegt de stem. De verbinding wordt verbroken.
Dat is vreemd. Milan zit onder 'verkort kiezen'. Zou ze per ongeluk de verkeerde hebben ingetoetst?
Ze probeert het nog een keer. Ze let nu extra goed op.
'Hallo?' klinkt dezelfde stem van daarnet.
'Wie ben jij?' vraagt Maaike.
Voor de tweede keer wordt er opgehangen. Hier klopt iets niet! Waar is Milan? En wie heeft zijn telefoontje? Voor de derde keer belt ze zijn nummer, maar ze weet al dat het zinloos is. Er wordt niet meer opgenomen.

Thuis is hij niet en bij haar is Milan ook niet langs geweest. Maaike racet naar De Pomp, de kroeg van Brenda's vader, waar de hele school vaak komt. Niet dat ze hem daar verwacht, zeker niet met dit mooie weer, en al helemaal niet alleen, maar misschien zitten er andere bruggers. Of heeft iemand gezien met wie hij wegreed.
Op het terras is niemand van school te bekennen. Voor de zekerheid gaat ze binnen even vragen.
'Milan?' vraagt Jos, de barkeeper. 'Ken ik die?'
Natuurlijk kent hij Milan. Als hij haar kent, kent hij Milan ook.

'Een beetje kleine jongen. Met krullen.'
'Dat beugelbekkie.' Jos weet het weer. 'Nee, niet gezien.'
Maaike blijft besluiteloos staan. Waar kan ze hem nu nog zoeken? Milan heeft verder geen vrienden. Hij is altijd thuis of bij haar.
Hoe laat is het nu? Bijna zes uur. Zijn moeder komt zo thuis. Laat ze daar maar weer eens gaan kijken.

'Denk goed na.' Maaike en haar vader zitten bij Milans moeder in de tuin. Het is al negen uur en Milan is er nog steeds niet.
'Van wie kan die stem aan de telefoon zijn?'
Maaike schudt geërgerd haar hoofd. Ze weet het gewoon niet.
'Was het een man of een jongen?'
'Een jongen.' Dat heeft ze net ook al gezegd.
'Iemand van jullie school?'
'Ik weet het niet!'
'En in De Pomp had niemand hem gezien?'
'Nee!'
Pap kan maar beter geen detective worden. Hij vraagt steeds naar de bekende weg.
'Sorry hoor,' zegt hij gekwetst. 'Ik probeer alleen maar mee te denken.'
Natuurlijk, ze moet niet lullig doen. Hij bedoelt het goed.
'Sorry,' zegt ze daarom ook.
'Kunnen we nog ergens zoeken? Met de auto?'
'Ik zou niet weten waar,' zegt Milans moeder zacht.
Maaike kan ook maar twee plekken bedenken: de Plas en De Pomp.
Haar vader staat op.
'Goed, dan gaan we daar nog een keer kijken. Kom op.' Hij trekt Maaike uit haar stoel. 'We vinden hem wel. Maak je maar geen zorgen. Het komt allemaal goed.'
Hij geeft zijn visitekaartje aan Milans moeder. 'Joop Almekinders, uw specialist in noten en zuidvruchten' staat erop.
'Hier heb je mijn mobiele nummer,' zegt hij. 'Als je iets hoort, moet je meteen bellen.'

Ze lopen naar de auto.
De overbuurvrouw komt naar hen toe. Ze heet Esther. Maaike kent haar wel. Milan en zij hebben een keer bij haar geschuild. Het goot en die sukkel van een Milan was zijn sleutel weer eens vergeten. Hij heeft altijd wat.
'Ik hoorde dat Milan weg is,' zegt Esther.
Maaikes vader stapt in de auto.
'Klopt. We zijn naar hem op zoek.'
'Mooi. Kijk dan in de buurt van water,' adviseert de buurvrouw. 'Daar moet hij zijn.'
De Plas! Ze moeten dus naar de Plas.
'Hoe weet jij dat?' vraagt vader.
'Als ik dat zeg, geloof je me niet,' lacht Esther. 'Dus doe het maar gewoon.'
'Wat een flauwekul,' mompelt vader. Hij start de auto. Ze rijden weg.
'Eerst maar naar De Pomp?'
Nee, Maaike wil meteen naar de Plas. Op de een of andere manier gelooft ze Esther.

Het schemert inmiddels. Het natuurbad ligt er verlaten bij. De poort is gesloten.
'Hier is niemand,' constateert vader. 'We kunnen er trouwens ook niet in.'
Maaike reageert niet. Als Milan hier is, moeten ze zoeken.
'Milan!' roept ze. 'Milan!'
Er komt meteen antwoord.
'Hier. Ik ben hier!'
'Waar is hier?' Het moet ergens binnen zijn. Vlakbij.
'In de wc!'
Ze kan er niets aan doen, maar ze krijgt er de slappe lach van. Zo opgelucht is ze.
'Zit je vast?' roept haar vader. Dan moet hij zijn gereedschap halen.
'Nee. Ja. Nee.'
'Kom er dan uit.'
'Nee!!'
'Waarom niet?'

Het blijft stil. Maaikes slappe lach is meteen over. Dit is niet leuk.
'Milan?' Ze hoort nog steeds niets. 'Wat is er? Heb je pijn?'
'Nee.' Het is niet meer dan een schriel geluidje. Milan huilt!
'Kunnen we hier overheen?' Vader rammelt aan het hek. Hij kijkt naar de scherpe punten aan de bovenkant. Dat wordt niets.
'Ik weet wel wat.' Maaike rent langs de afrastering tot waar het riet begint. Daar kun je door het water bij het bad komen.
'Laat mij maar,' zegt haar vader.
Maar ze staat al in het water. Het is blubberig aan de kant. Ze griezelt. Iedereen zegt dat hier bloedzuigers zitten. En slangen.
Achter haar klinkt een grote plons. Ze schrikt zich wild en kijkt om. Aan de kant liggen alleen nog de kleren van haar vader. Een stuk verderop komt hij boven water.
'Hup, zwemmen!' roept hij.
Het voelt raar met kleren aan in het water. De laatste keer dat ze dat had was vier jaar geleden, tijdens het afzwemmen voor B. Milan was toen gezakt. Hij heeft het nooit meer overgedaan.
Wat zou er toch met hem zijn? Opeens weet ze het: zijn kleren zijn gestolen! En zijn tas. Daarom is hij zijn mobieltje kwijt. Maar dan blijf je toch niet in je zwembroek op de wc zitten?
'Pap, wacht!' Ze wil samen naar hem toe.
Haar vader is al bij de drijvers van het kinderbad. 'Schiet dan op.'
Ze schiet toch op! Hier kan ze al staan. 'We komen hoor Milan!' roept ze vast vooruit. Zo snel ze kan, waadt ze naar de kant.
'Waar zit je?' Ze klopt op de deuren van de wc's.
'Hier.'
Ze rammelt aan de deur. 'Doe dan open.'
'Nee. Ik heb … aan.' Milans stemmetje is zo klein dat ze hem niet kan verstaan.
'Wat heb je aan?'
'Niets.'
'Hoe bedoel je niets? Heb je ook geen zwembroek?'

Er komt geen antwoord. Milan huilt weer.
Maaike wordt kwaad en verdrietig tegelijk. Welke klootzakken hebben dit gedaan?
'Hier Milan.' Vader trekt zijn onderbroek uit. 'Trek deze maar aan.'
Ondanks alles schiet Maaike toch weer in de lach. Die gekke pap. Staat hij daar in zijn blote kont met die grote onderbroek te zwaaien.
'Doe dan open,' zegt hij.
Dat kan ze niet laten gebeuren. Milan schrikt zich nog rot. Hij mag haar slipje wel aan. Haar shirt komt toch tot haar knieën.
Voorzichtig gaat de wc-deur op een kier. Milan steekt zijn hand om de hoek en pakt haar slipje aan. Even later stapt hij naar buiten. Hij houdt zijn armen over elkaar en kijkt naar de grond. Zijn dunne lijf trilt.
Maaike slaat haar armen om hem heen.
'Wie waren het?' fluistert ze.
Milan schudt zijn hoofd. Ze voelt zijn tranen druppen op haar blote arm.
De lafbekken. Hij is zo'n gemakkelijke prooi. Laten ze iemand als Didier nemen, of Joep. Maar dat durven ze niet.
'Ik pak ze wel,' belooft ze grimmig.

2

Zo was het gegaan: Milan had ijs gekocht bij het winkeltje en toen hij terugkwam waren zijn spullen weg. Een groepje jongens verderop zat te lachen dus daar was hij naartoe gegaan.
'Hebben jullie misschien gezien wie mijn spullen heeft gepakt?' vroeg hij vriendelijk.
'Dat had je nooit moeten doen,' zegt Maaike bijna boos. Hoe kun je nou zo stom zijn om op dat stelletje eikels af te stappen? Dat is vragen om ellende.
'Er zaten toch ook andere mensen? Waarom heb je het daar niet aan gevraagd?'
'Laat die jongen nou eerst zijn verhaal doen.' Maaikes vader neemt een slok van zijn borrel; zijn glas is meteen half leeg. Hij heeft medelijden met Milan. En ook met zijn moeder die zo verdrietig zit te luisteren.
'Ben je toen teruggegaan naar het winkeltje?' vraagt ze zacht.
Milan slikt. 'Dat kon niet. Ze hielden me tegen.'
Maaike ziet het voor zich. Twee van die bodybuilders die hem ieder bij een arm pakken.
'En toen?'
Milan buigt zijn hoofd.
'Namen ze je mee?'
Nee, dat niet.
'Waar hebben ze je zwembroek dan uitgetrokken?'
Milan houdt zijn handen voor zijn ogen.
'Ik kon niks doen,' huilt hij. 'Ze waren met z'n vieren.'
Vier jongens die hem vasthielden? Of drie jongens die hem vasthielden en één die zijn zwembroek uittrok? Of twee die zijn zwembroek uittrokken?
'Zomaar, midden op het veld?'
Ja dus, midden op het veld. Waar het zo druk was. En iedereen zag wat er gebeurde.
'Was er helemaal niemand die je kwam helpen?'

Nee, niemand. Ze lieten hem gewoon spartelen. Onvoorstelbaar! Zoveel mensen en niet één die een poot uitstak.
In gedachten speurt Maaike het veld af. Wie heeft ze daar vanmiddag gezien? Bij de vlag zaten geen bekenden, dat weet ze zeker. En bij de surfplanken ook niet gelooft ze... Stom dat ze niet beter heeft gekeken. Maar toen wist ze nog niet dat Milan zoek was. Langs de waterfietsen is ze teruggegaan en toen... Wacht, Bart, de broer van Brenda liep daar.
'Heb je Bart niet gezien? Die was er ook.'
Milan kan alleen nog maar huilen. Zijn moeder wil hem tegen zich aandrukken, maar hij duwt haar weg.
'En daarna ben je de wc ingevlucht?'
Zo is het gegaan ja. Zo en niet anders.
Natuurlijk had hij een handdoek kunnen pakken van iemand anders. Had hij naar de mensen in het winkeltje kunnen gaan om de jongens aan te geven. Had hij vanuit de wc kunnen roepen dat ze hem moesten helpen. Had hij haar, Maaike, kunnen laten bellen zodat ze kleren voor hem mee had kunnen nemen. Maar zo is Milan niet. Hij durft zelfs niet naar de politie te gaan. Dat is nou juist het probleem.

Pas om twaalf uur gaan ze naar huis. Maaike heeft nog helemaal geen slaap.
'Zullen we nog een kroketje snacken?' stelt ze voor. Ze heeft honger gekregen.
Haar vader peinst er niet over.
'We gaan lekker naar huis,' zegt hij. 'Het is mooi geweest.'
Hij houdt het portier voor haar open maar ze stapt niet in.
'Je mag niet met de auto,' grinnikt ze. 'Je hebt te veel gedronken.'
Ze heeft zijn borrels geteld: vier waren het er. En na twee vindt haar moeder het al misdadig om te rijden. Dus hij moet wel.
Ze begint vast te lopen. De kans op een kroket is nu met 95% gestegen. Als ze schuin doorsteken komen ze langs 't Hoekje. En als hij die heerlijke geuren eenmaal ruikt...
Aan de overkant wordt op het raam getikt. Maaike blijft staan.

Esther doet de tuindeur open. Ze heeft Milan al thuis zien komen.
'Ik ben toch een beetje nieuwsgierig,' verontschuldigt ze zich. 'Maar hebben jullie hem nou bij het water gevonden?'
Verrek, dat is waar. Ze had gezegd dat ze bij het water moesten zoeken en daar was hij ook. Hoe wist ze dat?
'Dat hebben de sterren me in het oor gefluisterd.'
Maaike kijkt onwillekeurig omhoog. Het is een prachtige heldere nacht. Aan de hemel fonkelen duizenden sterren. Maar hoe die nou in je oor kunnen fluisteren?
'Astrologie,' zegt Esther. 'Ik heb de horoscoop van de verdwijning berekend en daar kun je een hoop in zien.'
Maaike hoort haar vader naast zich blazen.
'Sorry hoor,' zegt hij, 'maar daar geloven wij niet in. Kom Maaike, als je nog een kroket wilt, moeten we nu gaan.' Hij probeert haar mee te trekken maar ze blijft staan.
'Hoe zie je dat dan?' wil ze weten.
'Door te lezen,' legt Esther uit. 'Het is een soort brief uit het heelal.'
Een brief uit het heelal! Daar wil ze meer van weten. Maar niet nu, met haar vader erbij. Met hem kun je beter kroketten eten.

Het nieuwtje gaat als een lopend vuurtje door de school. Er moeten dus kinderen zijn die het hebben gezien. Milan heeft zich ziek gemeld.
'Hij heeft zeker kou gevat,' lacht Brenda.
Ze zit met haar vriendinnen op het muurtje bij de ingang van de school te roken.
Op het muurtje aan de andere kant van de ingang zit Maaike. Ze houdt zich in. Als ze meer te weten wil komen, moet ze zo min mogelijk zeggen en zo goed mogelijk haar oren open houden. Maar het kost wel moeite. Het liefst zou ze Brenda en haar zogenaamde vriendinnen in elkaar rammen. Vooral Chantal. Die loopt alleen maar bij Brenda te slijmen omdat haar vader de baas is van De Pomp. Blijkbaar vindt ze dat interessant.
'Weet jij of Milan vandaag weer een striptease doet, Maaike?' giert ze. 'Dan kom ik ook kijken.'
'Of word je dan jaloers?' grapt Brenda er overheen.

De vriendinnen komen niet meer bij.
'Ik zou m'n bek maar houden,' klinkt het opeens achter Maaike.
Verrast kijkt ze om. Joep gooit zijn tas op de grond en haalt een pakje shag uit zijn jaszak.
'Of lach je ook zo hard als één van jullie wordt aangerand?'
De meiden vallen stil. Brenda krijgt een kleur; ze is helemaal gek van Joep. Het zal haar, Maaike, benieuwen hoe ze zich hier uitredt.
'Het was gewoon een geintje,' probeert ze zwakjes.
'Van wie?' Nu moet ze goed opletten.
'Weet ik veel!' snauwt Brenda. Ze trekt zenuwachtig aan haar sigaret.
Die weet meer! Rustig blijven, nu Joep weer even laten praten.
'Hoe weet je dan dat het een geintje was?' vraagt hij. Dit is kicken, hij doet helemaal mee!
'Daar heb ik het niet over.' Brenda ziet paars.
'Waarover dan wel?'
'Doe toch niet zo moeilijk.' Ze weet zich nu echt geen raad meer. 'We mogen toch wel een geintje maken?'
Joep haalt zijn schouders op. Hij legt zijn hand op Maaikes schouder en kijkt haar recht in haar ogen. Zijn stem is warm.
'Als je Milan ziet, wil je hem dan zeggen dat ik het verschrikkelijk voor hem vind wat er is gebeurd?'
Nog voor ze wat kan zeggen, heeft hij zijn tas opgepakt en loopt hij naar een stel andere 3vwo'ers toe.
Brenda en Chantal beginnen hevig te fluisteren. Ze verstaat niet wat ze zeggen maar dat kan haar nu even niet schelen. Ze keert haar gezicht glimlachend naar de zon en voelt haar wangen gloeien.

Na school fietst ze meteen naar Milan. Het is nog steeds warm. Als ze aankomt, ligt hij binnen op de bank tv te kijken. Alle ramen zijn potdicht.
Ze gooit de tuindeuren meteen open.
'Jeetje man, het is hartstikke mooi weer! Ga lekker mee buiten zitten.'

Milan schudt zijn hoofd.
'Heb je hier de hele dag gelegen?'
'Ja.'
'Is je moeder gewoon naar haar werk gegaan?'
'Ja.'
'Zijn jullie niet naar de politie geweest?'
'Nee.'
Wat stom!
'Waarom hebben jullie dat niet gedaan?'
'Ze doen toch niets. Ik krijg een nieuw mobieltje van mijn moeder.'
Hier kan ze niet tegen. Wat een argument! Alsof het om dat stomme mobieltje gaat!
'Ze hebben je aangerand!' Zo zei Joep het. 'Dat moet je aangeven!'
Milan slingert zijn spillebenen van de bank en loopt naar de keuken.
Ze gaat achter hem aan.
'Waarom zeg je nou niks?'
Geen reactie. Hij haalt een pak sap uit de ijskast, neemt een paar slokken en wil het weer terugzetten.
'Hallo, krijg ik ook wat?' Hier dat pak, ze schenkt zelf wel een glas in.
'Als jij niets doet, kunnen die klootzakken gewoon hun gang gaan. Wil je dat?'
Weer geen antwoord.
'Nou, wil je dat?' Verdomme, trek je mond open.
'Mogen ze het dan de volgende keer weer doen? Je broek uittrekken?'
'Hou je bek!!' Voor de tweede keer vandaag kijkt een jongen haar recht in de ogen. Maar deze keer is de blik niet warm en gevoelig, hij is kil en hard. Ze schrikt zich rot. Zo heeft ze hem nog nooit meegemaakt. Ze weet even niet wat ze zeggen moet.
Milan loopt naar de kamer en ploft weer op de bank. Hij zapt alle kanalen af.
Ze blijft bij de deur staan.
'Blijf je hier?'

Zap zap zap, is het antwoord.
Goed, zak dan maar in de stront. Ze vertelt ook niet meer dat Joep het erg voor hem vindt. Ze draait zich om en loopt zonder nog iets te zeggen naar buiten.

Pissig is ze. Ze rukt aan het slot van haar fiets. Wat een eikel, wat een zeikerd. Dat hij zo tegen haar doet! Het slot krijgt een trap. Zíj heeft toch niets gedaan! Ze is hem juist gaan zoeken. Het slot krijgt nog een trap. Als hij maar niet denkt dat ze dit pikt. Vandaag komt ze niet meer. Ze gaat lekker zwemmen. Het slot springt eindelijk open. En die klootzakken krijgt ze ook nog wel. Wacht, ze zal ze eens een sms-je sturen. Ze vist haar telefoontje uit haar tas.
'De politie is naar jullie op zoek,' typt ze. Zo, pies nu maar fijn in je broek.
Ze stapt op haar fiets. Bek, zei hij, hou je bek. Ze kan er nog niet over uit. Zij praat nooit zo tegen hem terwijl hij veel stommere dingen doet. Ze deed trouwens niet eens wat. Dat is nog het ergste. Ze zei alleen maar…
'Dag Maaike. Hoe is het met Milan?' Esther staat de voortuin te sproeien.
Ze remt af.
'Gaat wel.' Ze heeft helemaal geen zin om over Milan te praten. En ze heeft ook geen medelijden meer met hem. Toch stopt ze. Ze is nieuwsgierig naar hoe het zit met die sterren.
'Mag ik eens zo'n horoscoop zien?'
'Nu?'
Dat zou leuk zijn. Haar humeur wordt al een stuk beter.
'Goed, kom maar mee.' Esther draait de buitenkraan dicht en loopt naar binnen. Op het bureau voor het raam staat een computer. Ze zet hem aan.
'Hij moet nog even opstarten. Wil je een milkshake?'
'Nee, hoeft niet.' Milkshakes maken duurt veel te lang. Ze wil weten hoe je zo'n horoscoop kunt lezen.
'Oké, wanneer ben je geboren? Dan bekijken we de jouwe.' Esther opent het programma. 'Weet je de tijd toevallig ook?'
'Tien over half twee 's middags. ' Dat staat op haar geboortetegel.

Esther typt het in en klikt op favourites. Op het beeldscherm verschijnt een cirkel met allemaal tekentjes en lijnen.
'Is dit de horoscoop? Kun jij dit lezen?'
'Natuurlijk, anders zou ik er niets aan hebben. Laat eens kijken.' Esther tuurt naar de tekening. Ze mompelt iets over Mercurius en Uranus. En dan zegt ze: 'Je verveelt je zeker op school.'
Wat zegt ze nou? Hoe weet ze dat? Dit heeft ze nooit meer aan iemand verteld. Sinds ze haar een keer een klas lieten overslaan en ze niet meer bij Myrthe mocht zitten, heeft ze net gedaan of ze niet goed meer kon leren. Gelukkig mocht ze toen na een paar maanden terug. Maar school is afschuwelijk saai. De leraren vertellen alles wel tien keer en dan nog snapt de helft van de klas het niet. Vooral met wiskunde: over dit boek doen ze nou al een heel jaar. Er staat niets nieuws meer in.
'Zie je dat op die tekening?' Het is ongelooflijk.
'Ja, en ook dat je op dit moment slecht scoort bij de leraren. Net of je het niet goed doet. Maar dat heeft meer met je gevoel te maken dan met je verstand. Begrijp je wat ik bedoel?'
Nou en of ze dat begrijpt! Het is allemaal waar. Dit wil ze leren!
'Waar kun je zo'n programma kopen? Ik krijg een computer voor mijn verjaardag en dan wil ik dit ook hebben.'
'Maar dan kun je het nog niet lezen.'
Natuurlijk wel. Als er maar boeken over zijn. Ze gaat gewoon naar de bibliotheek. Daar heeft ze ook Italiaans en Frans geleerd. Om voor haar ouders de weg te kunnen vragen op vakantie.

Het weer is omgeslagen. In één dag is het tien graden kouder geworden. Voor het eerst sinds weken zitten ze weer binnen te ontbijten.
Maaike kijkt op de klok. Ze moet zo weg. Milan heeft ze niet meer gesproken. Hij heeft ook geen sms-je gestuurd. Tenminste... Ze pakt haar telefoontje om het nog een keer te controleren. Eigenlijk hoopt ze stiekem dat er niets is, dan kan ze meteen doorrijden. Ze wil vroeg op school zijn, mis-

schien ziet ze Joep dan nog. Niet dat ze wat van hem wil, ze heet geen Brenda. Ze weet heus wel dat hij hen maar domme brugpiepers vindt.
'Maaike, doe jij even vliegtuigje met Joëlla? Ze eet weer niet.'
O nee, niet nu!
'Ik moet naar school.'
'Doe niet zo flauw. Het is pas acht uur.' Haar moeder geeft met één hand Sam de fles en probeert met de andere een hapje brood aan Joëlla te slijten. Maar Joëlla draait haar hoofd steeds weg.
Oké, kom dan maar.
'Kijk eens Joëlla, hier.' Met een oorverdovend geronk laat Maaike de hap Joëlla's mond invliegen. Joëlla stikt bijna in haar broodje van het lachen. Iedereen is weer tevreden.
Was er nou een berichtje of niet? Ja, twee envelopjes zelfs. Het ene is onbekend. 'Blijf vandaag thuis. Kom je vanmiddag? Milan.' Geen sorry, niks. Hij heeft zijn nieuwe mobieltje blijkbaar al. Ze zal wel zien wat ze doet.
'Hap,' zegt Joëlla. Ze zit alweer met haar mond wijdopen. Let op, daar komt het volgende vliegtuig aan. Van wie is het andere bericht? Alweer van Milan? Hoe kan dat nou? Shit, het is zijn oude nummer natuurlijk! 'Als de politie ons vindt, vinden wij jou,' leest ze. Dat zijn ze! De schrik slaat haar om het hart. Ze krijgt er een kleur van.
'Hap,' zegt Joëlla weer. Maar deze keer vertrekt er geen vliegtuig. Ze leest het berichtje nog een keer. Joëlla zit met open mond te wachten.
'Geef haar dan een hapje.' Haar moeder kijkt haar onderzoekend aan. 'Wat is er?'
'Die jongens hebben een berichtje gestuurd.'
'Welke jongens?'
'Van Milan. Ze zeggen dat we de politie er niet bij mogen halen.'
'Heeft Milan dat dan gedaan?'
'Nee.'
'Dan is er toch niets aan de hand?'
Natuurlijk is er wel wat aan de hand! 'Straks weten ze wie ik ben.'

‘Niet mee bemoeien, dan bemoeien zij zich ook niet met jou.’
Maar ze heeft zich er al mee bemoeid. En die zakken zomaar laten lopen, kan ook niet. Dan zou ze hetzelfde doen als Milan. Zo laf wil ze niet zijn.

3

Brenda mocht haar al niet, maar nu kijkt ze haar echt niet meer aan. Ze heeft zo'n beetje de halve school uitgenodigd voor het feest dat zij en Bart in De Pomp mogen geven, behalve haar. Leuk is het niet, maar Maaike doet net of het haar niets kan schelen.
'Dan ga ik ook niet,' zegt Milan. Hij is weer op school. De eerste dag werd er nog wat gegniffeld, maar nu is iedereen het alweer vergeten. Ze praten alleen nog maar over het feest.
'Mag je een vriendin meenemen?' vraagt Didier. Ze hangen met z'n allen voor de school. Het is pauze.
'Ja hoor,' zegt Brenda. Je ziet aan haar gezicht dat ze er de pest in heeft. Nu het duidelijk wordt dat ze Joep niet kan krijgen, heeft ze haar zinnen op Didier gezet.
'Hoor je dat?' zegt Milan. 'Je mag iemand meenemen. Ik vraag jou mee.'
Ze hebben geen ruzie meer. Dat heeft wel even geduurd want Milan verdomde het om te zeggen dat het hem speet. Uiteindelijk heeft hij het toch gedaan, anders had hij helemaal niemand meer over.
'Heeft Bart jou dan ook gevraagd?'
'Ik denk het wel. Hij zei dat de hele klas mocht komen.'
Maaike zwijgt. Ze gaat niet, dat is wel zeker. En als zij niet gaat, gaat Milan ook niet. Hij durft niet alleen. Esther zegt dat hij bang is voor de wereld omdat hij denkt dat hij niet goed genoeg is. Dat heeft ze in zijn horoscoop gezien. Daarom kan zij hem nu helemaal niet meer in de steek laten.
Joep komt naar buiten lopen. Hij vist zijn pakje shag uit zijn achterzak en rolt een sigaret. Hij heeft na die ene keer niet meer met haar gepraat, maar hij zegt wel altijd gedag. Wanneer zou hij jarig zijn? Ze zou zijn horoscoop wel eens willen zien. Dan kan ze aan Esther vragen of ze bij elkaar passen.

Joep kijkt haar kant op. Hij knipoogt, zij bloost. Shit, dat heb je ervan als je zulke dingen denkt.

School is stukken leuker nu ze onder de lessen wat te doen heeft. Ze vliegt door haar astrologieboeken heen. Dit boek gaat over vaders en moeders. Eens kijken of het klopt. Ze stoot Anne aan.
'Wat heb jij voor sterrenbeeld?'
'Waterman,' zegt Anne.
Waterman, dat heeft ze net gelezen. 'Is het waar dat je je vader haast nooit ziet? Of dat hij bijna nooit tijd heeft?'
'Ik heb niet eens een vader. Hoe weet je dat?'
Dat legt ze nog wel eens uit. Eerst aan iemand anders vragen.
'Kim? Wat is jouw sterrenbeeld?'
Kim draait zich om.
'Steenbok.'
Steenbokken moeten zich thuis netjes gedragen en hun moeder is de baas.
'Ja? Is je moeder de baas?'
'Weet ik veel.' Kim heeft daar nog nooit over nagedacht.
'Wat vroeg ze?' Myrthe draait zich ook om.
'Of mijn vader of moeder thuis de baas is.'
'Je moeder natuurlijk. Die is hartstikke streng. Waarom moet je dat weten?'
'Maaike en Kim, ik zou maar opletten! Zo geweldig zijn jullie niet in Engels.'
Mevrouw Gils knippert met haar ene oog hun kant op. Wat heeft ze toch een hekel aan dat mens. Tegen kinderen die goed zijn in Engels doet ze poeslief, maar sta je onvoldoende dan ben je de piespaal. Milan ook, die heeft Duits van haar. Weet je wat ze laatst tegen hem zei? 'Hou jij je beugelbek maar, daar komt toch alleen maar onzin uit.' En zijn moeder is niet eens op school gaan klagen. Belachelijk gewoon! Wanneer zou Gils geboren zijn? Ze lijkt wel tachtig met die kleren. Misschien weet Josje het, haar vader geeft geschiedenis bij hun op school. Ze zal eens even vragen.
'Hoe oud is mevrouw Gils? En weet je wanneer ze jarig is?'

schrijft ze op een kladblaadje. Ze vouwt het op en gooit het bij Nils op tafel.
'Doorgeven aan Josje,' fluistert ze.
'Doorgeven aan Josje,' fluistert Nils iets harder tegen Gaby.
'Doorgeven aan Josje,' fluistert Gaby nog harder tegen Ezhar.
'Doorgeven aan Josje,' fluistert Ezhar veel te hard tegen Dimitri.
Waarom doen ze nou zo stom? Zie je, daar heb je het al.
'Geef maar hier.' Gils stuift op Dimitri af. Ze pakt het briefje.
'Van wie is dit?'
Dimitri wijst naar Ezhar, Ezhar wijst naar Gaby, Gaby wijst naar Nils, en Nils zegt: 'Van Maaike.'
'Waarom wil jij weten wanneer ik jarig ben?' Ze loopt naar haar toe. Het is te laat om haar boek weg te moffelen.
'We wilden iets leuks voor u doen.' Een stom verhaal natuurlijk, maar ze wist zo gauw niets anders.
Een paar kinderen lachen. Brenda zit zich duidelijk te ergeren.
'Slijmbal,' zegt ze hard genoeg om het te kunnen horen. 'Heb je aan Peter niet genoeg?'
Waar slaat dit op? Lang kan ze er niet over nadenken want Gils ziet het boek. Ze leest de titel. 'Astrological Insights into personality?' Ze bladert het door. De verbazing druipt van haar gezicht af. 'Astrologie? Engels?'
Ze kan maar beter niets zeggen; straks krijgt ze haar boek niet meer terug.
'En dit kun jij lezen?' Haar andere oog knippert nu ook.
Natuurlijk kan ze dat lezen. Engels leer je van de televisie, daar zie je bijna alleen maar Amerikaanse films.
Maar Gils vindt het niet zo vanzelfsprekend. Logisch, voor Engels staat ze gemiddeld een vijf.
'Dit mag je me na schooltijd komen uitleggen,' zegt ze en ze neemt het boek mee.

Gils en Peter Brandt wachten haar samen op. Gils is opgewonden, ze lacht zowaar. Maar Peter kijkt bezorgd. Terwijl hij *Astrological Insights* onder haar neus schuift, neemt hij het woord.

'Mevrouw Gils vertelde me dat je dit onder haar les zat te lezen. Klopt dat?'
Ja, dat klopt, anders lag dat boek hier nu niet.
'Kun je ons uitleggen waarom je Engels op dit niveau kunt lezen maar er toch onvoldoendes voor haalt?'
Dat kan ze wel, maar dat doet ze niet. Ze zegt niets met dat wijf erbij. Laat haar maar lekker knipperen.
'Toe maar liefje.'
Nee toch, gaat ze nu opeens liefje tegen haar zeggen?
'Als jij al zo ver bent met Engels, wil ik je best helpen.'
Alsjeblieft niet! Ze kan Milan beter helpen met zijn Duits!
Gils legt haar hand op *Astrological Insights*. Haar gezicht komt gevaarlijk dichtbij. Adem inhouden, ze stinkt uit haar mond. 'Hier moet je je niet mee bezighouden. Je mag mijn persoonlijke protégé worden. Ik heb al een prachtig boek voor je opgezocht van de schrijver...'
'Trude, laten we even wachten. Maaike wil blijkbaar niet uitblinken in de klas.' Peter ergert zich aan Gils. Dat kun je zien aan de driftige manier waarop hij zijn pen zit te mollen. 'Zo is het toch Maaike?'
Maar mevrouw Gils is niet te stuiten. 'Dat begrijp ik best. Niemand hoeft het te weten. Ik heb ervaring met hoogbegaafde...'
'Wacht wacht wacht!' Het stangetje van de pen breekt af. 'Ik wil eerst horen wat Maaike zelf te zeggen heeft. Maaike?'
Tegen Peter wil ze wel praten, maar dan moet dat mens weg.
'Het probleem is dat we nu niet weten welke richting we je op moeten sturen.'
'Gymnasium,' roept Gils meteen. 'Dat is helemaal het probleem niet! Gymnasium haalt ze gemakkelijk.'
Ze schrikt. Als ze haar naar het gymnasium sturen, moet ze naar een andere school. Dat kan ze Milan helemaal niet aandoen.
'Ik wil niet naar het gymnasium.'
'En wel naar de mavo?' Peter kijkt haar aan. 'Want daar doe je nu hard je best voor.'
Mavo. Ze aarzelt, opeens is ze er niet zo zeker meer van. Weer moet ze aan Joep denken, ze kan er niets aan doen.
'Ik wil in deze klas blijven,' zegt ze en ze voelt zich schuldig.

Overmorgen is het feest al. Ze heeft er toch wel erg de pest in dat ze niet is uitgenodigd.
'Ben je mal,' troost haar moeder. 'Wij gaan gewoon ook iets gezelligs doen. Vraag Milan, dan kunnen we Risken met z'n viertjes.'
Risken, met Milan, op zaterdagavond, terwijl iedereen loopt te feesten. Ja zeg, daar zit ze op te wachten.
'Of jullie huren een video.'
'Nee, ik wil geen video! Ik wil iets leuks. Niet hier thuis.' Ze krijgt de kriebels van altijd maar thuis.
'Goed, dan gaan we naar de bioscoop. Ik zal eens kijken wat er draait in de Harmonie.'
Nee! Ze zegt toch dat ze niet wil! Mam altijd met haar stomme ideeën.
'Ik kan zelf wel wat bedenken. Ik zie wel wat ik doe!' Ze heeft ook geen zin meer om beneden te blijven. Ze gaat lekker naar haar kamer.
'Ho, wacht jij eens even: ík kan er niets aan doen dat jij niet naar dat feestje kan.'
'Het is geen feestje, het is een feest!' Ze begrijpt ook niets!
'Feestje of feest: je gaat zo niet tegen mij tekeer.' Haar moeder schreeuwt nu ook, dat gebeurt bijna nooit. Joëlla schrikt ervan; ze begint te huilen.
'Kijk nou wat je doet! Stil maar Joëlla, stil maar.'
Nou heeft zij het nog gedaan! Ze zegt al niets meer.
'Natuurlijk moet je zelf weten wat je doet. Hou er alleen rekening mee dat Milan ook geen feest heeft. Dus als je wat verzint, verzin hem er dan bij.'
Klets maar verder, ze luistert toch niet.
'Hoor je me? Hij denkt ook altijd aan jou.'
Ja, vind je het gek? Kan ze nu naar boven?
'Haal Sam maar even uit bed. Ik hoor hem babbelen.'
Sam, Joëlla, Milan... Af en toe wordt ze er gestoord van.

Het is druk bij de bakker. Dat is het altijd in de pauze. Je moet zelfs een nummertje trekken. Myrthe en Maaike staan te wachten op hun beurt. Ze willen een puddingbroodje.
'Wat trek jij morgen aan?' vraagt Myrthe.

'Niets.'
'Niets. Ga je in je blootje?'
'Nummer 67.'
Dat zijn zij. 'Twee puddingbroodjes graag.' Weet Myrthe niet eens dat ze niet mag komen?
'Brenda heeft me niet gevraagd.'
'Echt? Waarom niet?'
Tja, dat weet ze eigenlijk ook niet precies. Zij heeft niets gedaan.
'Ze heeft de pest aan me.'
'Maar iedereen komt!'
'Weet ik, maar ik ben niet uitgenodigd.'
Mythe is diep verontwaardigd. 'Je moet gewoon gaan! Ze merken het niet eens. Het is er toch hartstikke vol. En vanaf elf uur is De Pomp weer open voor iedereen.'
Dat is te laat. Dan moet zij alweer naar huis.
Myrthe rekent de broodjes af.
'Nummer 68.'
'Ja! Een broodje ham-kaas graag.' Joep doet een stap naar voren. Ze had hem helemaal niet gezien! Waar stond hij dan? Hij moet vlak na hen zijn binnengekomen. Wat stom!
'Wat een kinderachtige trut.'
Wie? Bij de deur kijkt ze nog even om. Joep ziet haar niet.
'Brenda natuurlijk.' Myrthe pakt haar broodje en geeft de doos aan haar. 'Dat vindt iedereen.'
Dat zal best. Maar toch gaan ze allemaal naar het feest.

'Ik heb iets voor je gemaakt.' Milan hangt aan de telefoon. Hij klinkt enthousiast.
'Wat dan?' Maaike vraagt het wel maar eigenlijk kan het haar geen moer schelen. Vanavond is het feest.
'Zeg ik niet. Zal ik het komen brengen?'
'Nee, doe maar niet. Ik ga in bad.' Iets leukers kan ze niet bedenken. Ze heeft nergens zin in, zelfs niet om naar Esther te gaan. Anders was ze wel even bij Milan langs gefietst.
'Dan stop ik het wel in de brievenbus. Ik weet zeker dat je het mooi vindt.'

'Hoeft niet, ik zie het morgen wel of zo.' Ze doet nu wel erg lullig.
'Maar ik heb toch niets te doen. Ik hoef niet binnen te komen.'
Oké, breng dan maar. Ze zit toch in bad. Ze hangt op.
'Was dat Milan?'
Niet mee bemoeien, mam. Het zit nog steeds niet lekker tussen hen. Ze ergert zich sowieso de laatste tijd aan haar moeder. Van haar moet je altijd zoveel. Haar vader heeft dat helemaal niet, van hem mag je doen wat je wilt. Nou ja, natuurlijk niet alles, ze moet wel op tijd thuis zijn en zo, maar hij zegt niet steeds wat je wel en niet moet denken. Alleen astrologie, dat vindt hij stom. Maar dat is niet erg want daar praat ze nooit over.
'Komt hij hier naartoe?'
'Hij gooit alleen wat in de brievenbus. Hij moet naar zijn tante.' Liegen mag niet, maar ze doet het wel, anders zitten ze vanavond toch te Risken. Ze smeert 'em gauw naar boven.

In bad drijven de speeltjes van Joëlla. Het water is nog warm.
'Je hoeft het niet weg te laten lopen, ze heeft er niet in geplast.' Haar vader stopt Joëlla's kleren in de wasmand. Hij heeft haar net in bed gelegd.
Niet in geplast, ja ja... Nou, ze trekt de stop er toch maar uit; Joëlla plast altijd in bad.
'Gaat het wel goed met mijn grote meid?'
Nee, het gaat helemaal niet goed. Ze voelt zich ellendig maar ze heeft geen zin om te huilen.
'Zullen we er samen lekker tussenuit knijpen? Zeg jij maar waar naartoe.'
Ze schudt haar hoofd en slikt haar tranen weg.
'Kan ik dan wat anders voor je doen? Ik vind het zo rot voor je.'
Weer schudt ze haar hoofd. Ze vist de speeltjes uit het water en mikt ze in het mandje.
'Kom eens hier.' Haar vader slaat zijn armen om haar heen en drukt haar tegen zich aan. 'Waarom mag jij niet op dat feestje komen?'

Nu kan ze haar tranen niet meer tegenhouden.
'Ik weet het niet. Ze vindt me een stomme trut.'
Haar vader zoent haar op haar hoofd. Ze hoort zijn stem door zijn lijf brommen.
'Is ze soms jaloers?'
Waarop? Wat heeft zij nou om jaloers op te zijn? Milan zeker.
'Omdat je mooi bent? Daar zijn andere meiden altijd jaloers op.'
Welnee, ze is helemaal niet mooi. Wendy is veel mooier, en die mag wel komen.
'Ik vind die Brenda maar een grote sufferd om de leukste van de klas niet uit te nodigen. Weet je wat? Als al die nattigheid voorbij is, geef jij hier fijn een tuinfeest en dan nodig je haar ook niet uit.'
Lieve pap, hij snapt er niets van. Hun tuin is toch De Pomp niet? Daar kun je de hele school vragen, bij haar niet. Dan wordt het alleen zo'n klassenfeestje en dat wil ze niet. Dit was juist zo leuk.
'Duik jij maar in bad. Dan haal ik straks een grote beker Malaga ijs en die eten we lekker op bij de tv.' Hij draait de kraan voor haar open, geeft haar nog een zoen en trekt de deur zacht achter zich dicht.

Daar zit ze dan, in bad gaar te stomen. Ze heeft er al twee keer heet water bij laten lopen. Het vel van haar vingers is helemaal verschrompeld. Hoe laat zou het zijn? Echte feesten beginnen pas om negen uur, zeggen ze altijd, maar zo laat is het nog niet. Hoort ze haar telefoon nou? Ze gaat rechtop zitten. Ja, het is de hare. Wie is dat nou weer?
'Mam! Kun je even mijn mobieltje geven?'
Het zal Milan wel zijn om te vragen hoe ze zijn cadeautje vindt.
'Doe dan open.' Mam staat al voor de deur.
Maaike stapt het bad uit en neemt de telefoon aan. Onbekend, leest ze. Zie je wel, Milan. Ze heeft zijn nieuwe nummer nog steeds niet geprogrammeerd; ze wil het oude nog even houden.
'Milan heeft een pakje voor je gebracht,' zegt haar moeder nog gauw.

Ga nou maar weg, dat weet ze al. Ze zal straks wel kijken. Ze stapt weer in bad.
'Met Maaike.'
'Hoi Maaike, met Joep.'
Ze glijdt bijna uit van de schrik. Joep??
'Ik hoorde van Didier dat je iemand mag meenemen naar het feest van Brenda, dus ik dacht: heb jij zin?'
Zin? Of ze zin heeft? Natuurlijk heeft ze zin! Joep die haar belt!
'Ja hoor,' zegt ze zo gewoon mogelijk.
'Oké. Zal ik naar je toekomen?'
Ze slikt, ze kan nauwelijks praten.
'Ik kom wel naar De Pomp.'
'Goed. Hoe laat? Je moet tegelijk met mij naar binnen gaan.'
O jee, wat moet ze aan? En haar haar is nog nat!
'Over een half uur?' Dat redt ze net, als ze heel snel is.
'Goed. Tot straks.'
Ze verbreekt de verbinding. Joep! Hoe is het mogelijk! Dat hij haar meevraagt! Haar! Ze droogt zich als een razende af. Het zal toch wel echt zijn? Toch geen flauwe grap? Ze ziet zijn ogen weer, hoe hij haar aankeek. Nee, zo is hij niet.
Haar witte broek... Shit, die is nog niet gestreken.
'Mam!' Ze racet in haar onderbroek naar beneden. 'Mam, strijk jij mijn broek?'
'Doe eens even rustig. Wat gaat er gebeuren?'
'Ik ga toch! Ik mag toch komen!'
'Hoe dat zo opeens?'
'Iemand belde net. Ik moet opschieten. Strijk jij mijn witte broek?'
'Wie belde er?'
'Myrthe.' Ze rent alweer naar boven. Ze moet haar haar föhnen. Net was alles nog ellendig en nu... Gelukkig is haar bruine hemdje schoon. Of zal ze haar rode aandoen? Waar is dat? Ooow... ze heeft geen tijd!
Haar moeder komt haar kamer in.
'Hier,' zegt ze. Ze gooit een pakje op haar bed. 'Milan wist niets van een tante. Hij heeft dit voor je gemaakt.' Ze loopt de kamer weer uit.

Betrapt. Maar dat kan haar nu niets schelen. Ze blaast haar haar droog. Ondertussen zoekt ze het rode hemdje. Wacht, ze weet al waar het is. Ze kan het niet aan, het is vies, het zit nog in haar gymtas. Maakt niet uit, ze vindt het bruine toch mooier. Ze pakt het cadeautje van Milan. Voor hem gaat het feest nog steeds niet door. Als hij wist dat ze toch ging, zou hij wel mee willen. Nu niet aan denken… Wat zit er in dat pakje? Met één hand scheurt ze het papier los. Bruine steentjes glinsteren haar tegemoet. Wat een prachtig kettinkje! Ze is er even stil van. Heeft hij dat echt zelf gemaakt? Ze doet het meteen om. Haar haar is wel droog genoeg zo. Ze trekt haar hemdje aan en bekijkt zichzelf in de spiegel. Als je die knalrode wangen wegdenkt, ziet ze er best leuk uit. Het kettinkje past perfect bij de kleur van haar ogen. Ze is er weg van!
'Kijk eens, je broek.' Haar moeder ziet het kettinkje. 'Wat een schatje. Heb je dat van Milan gekregen?'
'Ja.' Ze trekt gauw haar pas gestreken broek aan. Hij is nog warm.
'Wie heeft je nou gebeld?'
Niet weer over beginnen alsjeblieft. Ze wil het niet zeggen en ze moet weg.
'Dat zei ik toch? Myrthe.' Ze loopt vast naar beneden. Ze heeft haar mobieltje. Wat moet ze nog meer meenemen? Geld misschien, voor de zekerheid.
'Myrthe niet, dat weet jij ook wel.' Haar moeder komt achter haar aan.
'Wat ga jij doen?' Gered! Daar is haar vader. Hij heeft ijs gehaald.
'Naar het feest. Ik mag toch komen.'
'Ik wil alleen nog weten met wie je er naartoe gaat.' Mam houdt niet op, die zeurt altijd net zo lang door tot ze het weet.
'Met Myrthe. Dat heb ik nou al drie keer gezegd. Mag ik nou gaan?'
'Je jokt, Maaike. En Milan is het ook niet.'
Zo komt ze te laat.
'Laat haar nou, Biet.' Zo noemt haar vader haar moeder omdat ze rood haar heeft. 'Wat maakt het uit.'

‘Ik moet er zeker van zijn dat ze heelhuids thuis komt. Breng jij haar anders.’
Alsjeblieft niet. Door je vader gebracht en gehaald worden! Ze is dertien!
‘Welnee. Laat het stuk van de school haar maar naar huis brengen.’ Hij lacht. ‘Wegwezen jij.’

4

Haar band is lek, daarom moet Maaike de fiets van haar moeder wel nemen. Er zitten alleen wel een paar achterlijke fietstassen op. Voor de zekerheid rijdt ze maar niet langs het huis van Milan. Niet dat ze zich schuldig hoeft te voelen, hij had zelf ook kunnen gaan. En zij wist niet dat Joep zou bellen. Joep! De zenuwen golven door haar lijf, ze kan het nog steeds niet geloven. Bij 't Hoekje gaat ze linksaf. Wat zal Myrthe gek opkijken als ze haar ziet. Vroeger was Myrthe haar beste vriendin, maar toen Milan een tijdje bij hen in huis kwam wonen omdat zijn moeder was doorgedraaid, ging dat over. Myrthe had geen zin om hem er altijd bij te hebben, daarom trok ze meer naar Kim toe. En dat is zo gebleven.
De deuren van De Pomp staan open. Buiten ziet ze zelfs een paar mensen uit 4 vwo staan. Binnen is het propvol. De muziek is hier al te horen.
Waar is Joep nou? Ze zal de fiets maar een beetje achteraf zetten, niet te veel in het zicht. Ze worden aan de lopende band gestolen.
'Maaike?' Joep komt aanlopen.
'Hoi.' Iets anders weet ze niet te zeggen.
'Je kunt je fiets beter daar neerzetten. Hier in het donker jatten ze hem juist.'
'Het is mijn fiets niet hoor. Hij is van mijn moeder.' Ze had die fietstassen er beter af kunnen halen.
'Mag die dan wel gestolen worden?'
Wat? Nee, natuurlijk niet. Daar zei ze het niet om.
'Kom maar.' Joep zet de fiets pal onder de lantaarnpaal. 'Als ze hem nu jatten, ziet iedereen het.'
Maaike doet hem op slot. Wat nu?
Joep pakt haar hand alsof het de gewoonste zaak van de wereld is en neemt haar mee naar binnen. Wat gebeurt er toch

allemaal? De zenuwen golven weer door haar lijf. Als hij maar niet voelt dat haar hand trilt.
'Hé Joep!' Didier staat met het groepje van 3 vwo bij de bar. Brenda is er ook bij. Ze draait haar hoofd om en kijkt haar recht in het gezicht. Haar halfdronken lach sterft weg. Ze pakt haar glas op, laat zich van de barkruk glijden en verdwijnt naar buiten. Heel even heeft Maaike spijt dat ze toch is gegaan, maar als Joep zijn arm om haar heen slaat, is dat gevoel meteen weer over.
'Biertje?' vraagt Didier.
Nee, ze lust geen alcohol. 'Cola,' zegt ze gauw.
'Een cola en een biertje,' roept Didier naar de barman. Het is Jos niet, die staat aan de andere kant te tappen. Deze jongen heeft ze nog nooit gezien.
Didier kijkt lachend van Joep naar haar en van haar naar Joep. 'Ik wist niet dat jullie wat hadden,' zegt hij.
'Brenda had Maaike niet gevraagd,' legt Joep uit. 'Dat vond ik te lullig.'
De zenuwen maken plaats voor teleurstelling. Heeft hij haar daarom gevraagd? Uit medelijden?
'Komt Milan ook?'
'Ik weet het niet,' liegt ze. Ze had Milan moeten waarschuwen dat ze toch ging. Wat is ze nou voor een vriendin? 'Ik zal hem wel even bellen.'
Ze drukt automatisch op Verkort Kiezen, Mailbox, Thuis, Myrthe, Pap mobiel, Mam mobiel, Milan. Verderop gaat iemands mobieltje af.
'Met Mark,' hoort ze.
Met Mark? O wat stom! Ze heeft Milans oude toestel te pakken.
'Alsjeblieft,' zegt de jongen achter de bar. Hij zet met één hand haar cola voor haar neus. Is ze nou gek of hoe zit het? Ze hoort ook 'alsjeblieft' door de telefoon. Ze verbreekt de verbinding. De jongen achter de bar haalt zijn schouders op en legt zijn mobieltje weer achter zich.
'Neemt hij niet op?' vraagt Joep.
'Ik had de verkeerde.' Haar hart bonst in haar keel. Zou dat die jongen zijn? Zal ze het nog een keer proberen? Ze moet weten of het klopt. Ze drukt op de herhaalknop. De mobiele

van Mark gaat. Hij neemt op. Half verscholen achter Joep gluurt ze naar zijn mond.
'Met Mark,' ziet ze hem zeggen. 'Met Mark,' hoort ze aan de telefoon. Het is hem!
'Hallo?' Mark kijkt zoekend rond. Hij hoort natuurlijk aan de muziek dat ze ook in De Pomp is. Snel verbreekt ze de verbinding weer. Wat moet ze doen? Eerst Milan bellen. Ze wil weten of hij hem herkent, dan kunnen ze hem aangeven.
'Als de politie ons vindt, vinden wij jou,' hoort ze de stem weer zeggen. Was dat deze jongen? Hij ziet er helemaal niet macho uit.
Chantal komt hun kant op. Ze negeert haar maar gaat wel bijna tegen haar aan staan.
'Mark, mag ik een passoa-jus van je?' roept ze naar de barman. 'En ook één voor Brenda.'
Ze belt zo wel, als Chantal weg is.
'Hou je van deze muziek?' vraagt Joep.
'Niet zo,' moet ze eerlijk bekennen. 'Jij?'
'Ik vind ze wel goed,' zegt Joep. 'Vooral hun laatste cd. Niet alle nummers hoor, maar...'
Op dat moment gebeurt het. Chantal botst tegen haar op, ze krijgt twee glazen jus over zich heen.
'Sorry,' zegt Chantal maar ze kan haar lachen bijna niet houden.
'Wat ben jij een vuil wijf!' Joep komt voor haar op. 'Dat deed je expres.'
'Helemaal niet. Ik stootte per ongeluk tegen haar aan.'
'Kom nou toch. Ik zag het zelf.' Hij duwt Chantal opzij en bekijkt de schade. Er zit een enorme gele vlek op haar broek. Zonde, hij was net nieuw. En ze weet niet of jus eruit gaat.
'Moet je een doek?' vraagt Mark.
'Nee, laat maar. Ik ga, denk ik, maar naar huis.' Het heeft toch geen zin. Ze plakt van boven tot onder.
'Waarom? Geef die doek maar.' Joep vangt de doek op die Mark naar hem toegooit en geeft hem aan haar. 'Hier, je laat je niet wegjagen. Maak in de wc gewoon een beetje schoon.'
Hij heeft gelijk; als ze nu wegloopt, krijgen ze hun zin. En dan is haar avond met Joep voorbij. Dat wil ze niet. Ze loopt

naar de toiletten. Brenda en Chantal staan verderop met nog een stel te lachen. Ze kijken haar na. Het kan haar gelukkig niets schelen, zij is lekker met Joep. Ze sluit zich eerst op in de wc om Milan te bellen. Ze toetst zijn nummer in. Gatver, zelfs haar mobieltje plakt.
'Hoi Milan. Ik ben toch naar het feest gegaan. Ik zit in De Pomp.'
Milan is stomverbaasd. 'Hoe kan dat nou?' vraagt hij.
'Dat vertel ik je nog wel. Maar jij moet ook komen. Ik wil je wat laten zien.'
'Wat dan?'
Dat gaat ze hem niet vertellen, anders doet hij het niet.
'Iets spannends. Kom nou maar.'
'Goed.' Hij klinkt helemaal blij. 'Heb je mijn cadeautje al gezien?'
'Ja.' Ze was het even vergeten. 'Ik heb het om. Het staat heel mooi. Kom je gauw?' En net als ze wil ophangen bedenkt ze: 'O ja, wil je wat voor me doen? Even langs mijn huis gaan en mijn spijkerbroek ophalen? Ik heb een jus over me heen gekregen.' Dan is dat ook weer opgelost.

Het duurt meer dan een half uur voor Milan eindelijk arriveert. In die tijd heeft iedereen wel een grap gemaakt over de gele vlekken op haar broek. Allemaal even flauw natuurlijk maar ze lacht zich toch steeds slap. De 3 vwo'ers behandelen haar helemaal niet als een brugpieper. En Myrthe en Kim ook niet. Zij zijn erbij komen staan.
'Ben je met hem?' tettert Myrthe in haar oor. De muziek staat keihard.
Ze zou graag ja zeggen, maar ze weet het niet. Joep is heel aardig tegen haar, en hij blijft ook steeds in haar buurt. Maar of hij dan met haar is?
'Hij belde of ik meeging.'
'Dan wil hij toch met je?'
'Hij vond het zielig dat ik niet mocht komen.' Ze moet niet te hard schreeuwen, anders hoort hij het.
'Hij vraagt je niet als hij niks wil.'
Zou het? Ze kijkt naar zijn gezicht. Hij praat met Didier. Zijn

mond vindt ze leuk, net of hij altijd een beetje lacht. En hij heeft mooie donkere ogen. En zijn haar is zo lief! Joep kijkt haar kant op, hij knipoogt. De zenuwen golven weer door haar buik. Ze is verliefd. Niet een klein beetje, nee, verschrikkelijk, misselijkmakend, allesoverheersend verliefd. Wat een ramp. Straks wil hij niet, en wat moet ze dan?
Milan heeft haar spijkerbroek bij zich. Eigenlijk is het niet meer nodig, de jus is toch al opgedroogd.
'Hoi Milan,' zegt Joep. 'Jij ook een biertje?'
'Jus,' zegt Milan. Wat klinkt dat kinderachtig opeens: jus. Milan is wel een echte brugger.
'Wat wilde je nou laten zien?' vraagt hij.
'Niet meteen kijken. Zie je die jongen achter de bar?'
Milan gluurt naar Mark. 'Ja.'
'Ken je die?' De muziek gaat nog harder. Ze moet nu wel schreeuwen.
'Nee.'
'Weet je het zeker?'
'Wat?'
'Weet je het zeker?'
Milan kijkt weer. Mark zet net een bier en een jus voor Joep neer.
'Ja. Hoezo?'
'Hij heeft jouw telefoontje.'
'Wat zeg je?'
Wat een herrie. Ze slaat haar arm om hem heen en roept in zijn oor:
'Hij heeft jouw telefoontje!'
Milan kijkt haar geschrokken aan. Hij trekt wit weg. Joep wil hem zijn jus geven maar hij schudt zijn hoofd, doet een paar stappen achteruit en loopt De Pomp uit.
O jee, ze moet erachteraan. 'Milan!' Hij rent naar zijn fiets. 'Milan!!'
Waarom doet hij nou zo? 'Milan! Luister nou!!' Als hij hem niet kent, is er toch niets aan de hand? Dan hoef je toch niet als een gek weg te rennen? Verdomme, nu moet zij ook weg, ze kan hem zo niet laten gaan. Wie weet waar hij straks weer zit. Hij is al een keer bijna onder een trein gekomen omdat hij

met zijn dolle kop tussen de gesloten spoorbomen doorreed. Dat heeft zelfs in de krant gestaan. 'Jongen ontsnapt ternauwernood aan de dood.'
Ze diept de sleuteltjes op uit haar zak en pakt snel haar fiets. Hij loopt aan, de fietstassen zitten zeker niet goed. Ze kijkt er straks wel naar, ze mag Milan niet uit het oog verliezen. 'Milan!!'
Het fietsen gaat zwaar, het lijkt wel of ze een lekke band heeft. Het achterstuk slingert heen en weer. Zo kan ze niet verder. Ze stapt af en kijkt naar het wiel terwijl ze de fiets een stukje naar voren rijdt. Milan slaat de hoek al om. 'Milan, idioot, wacht dan!' Ze ziet het al, het is geen lekke band, er zit een gigantische slag in. Iemand moet er een trap tegenaan hebben gegeven. Brenda, dat is vast Brenda geweest. Of iemand die het voor haar heeft gedaan. Wat een trut! Alleen omdat zij met Joep is. Of was, want ze kan nu niet meer terug. Ze moet naar huis met de fiets. Wat zal mam kwaad zijn.
Misschien kan pap haar halen met het busje, dan kunnen ze daarna Milan zoeken. Haar avond is nu toch al verpest.

Joep lacht vriendelijk maar hij komt niet naar haar toe. Maaike zit met Myrthe en Kim op het muurtje. Ze was expres vroeg naar school gegaan. Milan hoefde ze niet op te halen want hij heeft het eerste uur vrij.
'Waarom ben je niet teruggekomen?' Myrthe vindt haar een grote stommerd.
'M'n fiets was in elkaar getrapt dus ik moest lopend naar huis.'
Over Milan begint ze liever niet, dat vindt Myrthe gezeur. Hij was trouwens gewoon naar huis gegaan. Ze mag niets tegen Mark zeggen over het telefoontje. Hij wilde dat ze het beloofde maar dat heeft ze niet gedaan. Ze heeft alleen geknikt.
'Je moet het Joep uitleggen,' vindt Kim. 'Je kunt hem zo niet laten zitten.'
Ze heeft gelijk, ze zal naar hem toegaan. Maar niet nu, hij staat bij Wendy en Didier.
Brenda en Chantal komen het plein opfietsen. Ze negeren haar natuurlijk, ze had niet anders verwacht.
'Heeft Brenda nog wat gezegd?'

Myrthe en Kim kijken elkaar aan. Ja dus.
'Wat?' Dat wil ze wel weten, dan kan ze tenminste wat terugzeggen.
Myrthe schiet in de lach. 'Sorry hoor, het is niet leuk.' Toch kan ze haar lachen niet bedwingen. Ze knikt naar Kim. 'Zeg jij het maar.'
Kim moet ook lachen. 'Het was heel flauw. Ze waren dronken.'
'Maar wat zeiden ze dan?'
'Van alles. Over Milan...' Weer schiet Myrthe in de lach.
'Wij werden er ook een beetje melig van, daar komt het door. Maar het was niet leuk.'
Ze hebben met de anderen om haar gelachen. Dat steekt. Vooral door Myrthe voelt ze zich weer in de steek gelaten.
'Zeg nou maar gewoon waar jullie zo'n lol om hadden.' Ze wordt ook een beetje pissig.
'Oké.' Kim trekt haar gezicht in de plooi. 'Ze zei dat je naar huis moest om Milan een schone luier om te doen. Dat soort dingen.' Ze moeten weer moeite doen om gewoon te blijven kijken.
Fijn, bedankt, ze hoeft het niet verder meer te horen. Ze begrijpt het al: Brenda en Chantal hebben haar te kakken gezet en ze hadden nog succes ook.
'Was Joep daarbij?' wil ze alleen nog weten. Dat vindt ze het ergste.
'Niet zo lang meer, geloof ik. Hij is vrij snel met Wendy weggegaan.'
'En met Didier, dacht ik,' zegt Myrthe er gauw achteraan, maar dat gelooft ze al niet meer. Joep kan ze vergeten.

'Weet je zeker dat je het niet meer nodig hebt?' Esther zet *Astrogical Insights* in de kast. Het stond niet in de bibliotheek dus ze had het van haar geleend.
'Ik heb het uit.'
'Maar om nog een keer iets op te kunnen zoeken?'
Waarom? 'Ik ken het al.'
Esther moet lachen. 'Hoe bedoel je? Ken je alle bladzijden uit je hoofd?'

Natuurlijk, ze heeft het toch gelezen?
'Dat is heel bijzonder Maaike,' zegt Esther. 'Jij bent niet alleen intelligent, je hebt ook een fotografisch geheugen.'
Zal best, ze heeft liever Joep.
'Kun jij zien of iemand je leuk vindt?' vraagt ze.
'Jazeker. Als je weet wanneer hij is geboren?'
Hoe weet ze dat het om een jongen gaat?
'Ik neem tenminste aan dat het om een jongen gaat?'
Ze lijkt wel helderziend.
'Ik weet niet wanneer hij is geboren.'
'Je kent hem dus nog niet zo goed. Wil je weten of het wat wordt?'
Dat zou leuk zijn. 'Kan dat?'
'Jazeker. Dan kijken we gewoon in je progressie. In de toekomst, zeg maar.'
Dit is pas echt spannend.
'Venus driehoek Mars en daar Uranus sextiel op…' Ze probeert te volgen wat Esther ziet. 'Het kwam heel onverwacht zeker. Opeens boem, was hij daar.'
Dat kun je wel zeggen. Maar het was ook opeens boem weer voorbij.
'Pluto gaat zich ermee bemoeien dus het is niet zomaar over.'
Nu heeft ze het toch echt fout.
'Hij wil niet meer.'
'O nee? Heeft hij dat gezegd?'
'Nee, niet gezegd.' Maar dat is ook niet nodig. Ze merkt het zo wel.
'Ik denk dat je je vergist. In ieder geval blijf jij nog een tijdje verliefd. En ja, dat lijkt toch echt wederzijds.'
Ze kan het haast niet geloven.
'In welk boek staat dat?'
Esther loopt naar de kast en wil het blauwe boek al pakken, maar ze bedenkt zich. 'Ik weet niet of dit wel verstandig is,' aarzelt ze. 'Ik vind je er eigenlijk nog een beetje te jong voor. In de toekomst kijken kan gevaarlijk zijn.'
'Waarom?'
'Omdat je niet alleen de leuke dingen ziet. Dat kan je bang maken.'

'Ik ben niet bang.'
'O nee? En als ik had gezegd dat het nooit wat zou worden met hoe-heet-die-jongen?'
'Joep.' Tja, dat was niet leuk geweest. Toch wil ze het leren. Ze heeft al gezien welk boek ze moet hebben; ze gaat wel naar de bieb.

Drie weken lang doet ze niets anders dan lezen en leren. Haar ouders denken dat ze hard bezig is voor school. De laatste proefwerken heeft ze foutloos gemaakt om het gemiddelde weer op te krikken.
'Mevrouw Gils heeft gelijk,' hoorde ze mam pas zeggen. Pap en zij zaten 's avonds in de tuin te praten toen zij met open raam in bed lag te lezen. 'Ze kan het gemakkelijk. Misschien moeten we het inderdaad eens met haar over het gymnasium hebben.' Een gluiperd is die Gils. Ze zal wel zorgen dat ze niet te hoge cijfers meer haalt.
De horoscoop van Milan ligt voor haar neus. Ze kijkt naar zijn toekomst. Het is toch moeilijker te begrijpen dan ze dacht. En het vervelende is dat ze Esther niets kan vragen. Volgens het boek is hij in ieder geval in de war; hij weet niet meer wat hij denken moet. En hier leest ze: 'Het is niet onmogelijk dat er een geïdealiseerde en spirituele liefdesaffaire in uw leven komt.' Wat is dat nou weer: een geïdealiseerde en spirituele liefdesaffaire? De helft van de tijd is ze bezig met het opzoeken van nieuwe woorden. Hier, nog zo'n woord: platonische, en paranormale. Na het nodige geblader snapt ze er zoveel van dat Milan verliefd wordt op iemand die hij veel mooier maakt dan ze is. Dat zal zij toch niet zijn? Hij vindt diegene zo bijzonder en weet precies wat ze denkt, zonder dat ze wat zegt. En platonisch betekent dat hij niet per se hoeft te zoenen; hij wil alleen maar van haar houden. Ze moet automatisch denken aan het kettinkje. Gatver, ze wil geen 'geïdealiseerde spirituele liefdesaffaire' met hem. Hij is gewoon een soort broertje en dat moet zo blijven. Ze zal hem eens uithoren.

'Wie vind jij het leukste uit jouw klas?' begint ze voorzichtig. Ze fietsen naar school.

'Hoezo?'
'Gewoon. Je vertelt er nooit wat over.'
Milan tuurt op de weg; er komt geen woord uit. Ze zal het over een andere boeg moeten gooien. Misschien valt hij op Mirjam. Ze lijkt pas tien maar ze ziet er wel leuk uit.
'Dat meisje met dat blonde krullerige haar en dat dikkige kind waar ze mee optrekt.'
'Mirjam. Wat is daarmee?'
'Is ze leuk?'
'Nee.'
Dit schiet niet op. Het moet nog weer anders.
'Naast wie zit jij altijd?'
'Soms naast Bart. Wat wil je nou?'
Nou zeg, hij hoeft niet zo kattig te doen. Ze mag toch wel wat vragen?
'Ik vertel jou altijd alles en jij vertelt nooit wat.'
'Niet waar.' Milan tuurt weer op de weg. 'Je hebt ook niet verteld dat Joep je had meegevraagd naar het feest.'
Shit. 'Wie zegt dat?'
'Iedereen.'
Het is natuurlijk waar. Toch wil ze het niet toegeven. 'Hij vroeg ook of jij kwam. Ik moest je bellen.' Dat laatste is half gelogen.
Milan kijkt blij verrast op. 'O ja?'
'Ja. En toen hij van het zwembad hoorde, moest ik van hem zeggen dat hij het heel erg voor je vond.'
'Dat heb je niet gedaan.'
'Omdat jij zo stom deed.'
Ze zijn al bij school. Ze is nog geen steek wijzer geworden. Myrthe, Kim, Wendy, Joep en Didier staan met nog een hele groep om Chantal en Bart heen. En om hen heen staan weer kleine groepjes. Iedereen praat met elkaar. Aan de gezichten kun je zien dat er iets ergs is gebeurd. Bart krijgt een sigaret van de één en een vuurtje van de ander. Hij geeft zijn sigaret door aan Chantal en krijgt weer een nieuwe. Chantal neemt een haal en slaat haar arm om hem heen. Het is wel duidelijk: het moet met Brenda te maken hebben.

5

Gauw zetten ze hun fiets in het rek. Wie dat niet doet, moet op zaterdagmorgen het plein schoonmaken. Dus doet iedereen het, ook al kost het je een slag in je wiel. Ze weet trouwens nog steeds niet wie het wiel van haar moeders fiets heeft gemold. Niemand schijnt het te hebben gezien. Mam was gelukkig niet kwaad, dat viel alweer mee.
Chantal heeft het hoogste woord. Haar ogen fonkelen van opwinding.
'Het is een viezerik. Hij heeft ook aan de vriendin van mijn buurmeisje gezeten. Daarom is ze naar een andere school gegaan.'
Om wie gaat het?
'En aan wel meer meisjes hier op school,' weet Bart. 'Ze durven het alleen niet te zeggen.'
Aan wie dan?
'Dat is ook hartstikke eng,' zegt Wendy. 'Je wordt er toch op aangekeken.'
'O ja?' Chantal wordt link. 'Beschuldig jij Brenda omdat Brandt aan haar zit?'
Brandt? Peter Brandt? Dat bestaat niet!
'Wie heeft het nou over beschuldigen?' Wendy blijft kalm, ze is niet bang voor Chantal. 'Ik vind alleen dat die meisjes dat tegen een lerares moeten kunnen vertellen zonder dat iemand erbij is.'
'Liever niet aan Gils,' lacht Walter uit 2A. 'Straks wordt ze op een idee gebracht.'
'Ik zou er maar niet lollig over doen,' bijt Chantal hem toe. 'Zo leuk is het niet.'
Moet je horen! En dat zegt zij!
'Dat was het voor Milan een tijdje geleden ook niet. Toen had jij zo'n lol, samen met Brenda.' Dit kan ze niet uitstaan.
Alle hoofden draaien haar kant op, Milan loopt meteen weg.

Ze gaat niet achter hem aan want ze heeft nog meer te zeggen. 'En ik geloof ook niet dat Brandt aan meisjes zit. Zo is hij niet.'
Bart kijkt haar vuil aan. 'Wil je zeggen dat Brenda liegt?'
'Dat weet ik niet.' Ze durft geen ja te zeggen. 'Ik weet niet wat er is gebeurd. Misschien wilde hij haar troosten, heeft hij gewoon zijn arm om haar heengeslagen.'
'Doet hij dat soms ook bij jou?'
Verdomme, waarom krijgt ze nou een kleur? En waarom heeft ze niet meteen een antwoord klaar? Ze ziet de anderen denken.
'Het was echt wel meer dan een arm om haar heen,' zegt Bart. 'Genoeg om hem aan te geven. Voorlopig zie je hem niet meer op school.'
Wat? Hebben ze hem aangegeven?
De zoemer gaat.
'Waar is Brenda nu?' vraagt Joep nog.
'Wat denk je? Thuis natuurlijk. Ze is er helemaal ziek van.'
Joep knikt, hij maakt zich als eerste los uit de groep. De rest volgt hem naar binnen. Maaike blijft staan. Een gevoel van verlatenheid trekt als kou uit de grond omhoog. Ze wil niet naar binnen, ze gaat naar huis.

Onderweg bedenkt ze zich. Wat moet ze thuis? Ze gaat naar Brenda! Ze kan het er niet bij laten zitten, ze moet weten wat er is gebeurd. Hoe haalt ze het in haar hersens om Peter zomaar te beschuldigen? Ze maakt rechtsomkeert en fietst naar De Pomp. Brenda woont in het kleine straatje erachter. Hoe dichter ze het huis nadert, hoe woedender ze wordt. Ze zal meteen ook eens vragen hoe die Mark aan Milans telefoontje komt. En wie haar moeders fiets in elkaar heeft getrapt. Ze moeten niet denken dat ze alles kunnen maken.
De gordijnen zijn nog dicht. Ze belt aan. Het duurt even voor ze gestommel hoort. Brenda's vader doet open. Zo te zien komt hij net zijn bed uit.
'Ja?' Hij kijkt haar verstoord aan.
'Is Brenda thuis?'
'Ze slaapt,' zegt hij kortaf.
'Nee.' Brenda komt de trap af. Ze ziet er anders uit dan an-

ders. Niet omdat ze geen make up op heeft en wat bleekjes in haar nachthemd rondloopt. Het is iets in haar ogen, in de manier waarop ze staat. Met haar armen zo voor haar borst gekruist. Ze glipt langs haar vader heen; hij loopt weg.
'Hoi,' zegt ze.
De woede is in één klap verdwenen. 'Hoi.'
'Is Engels uitgevallen?'
'Nee... nee.' Wat kwam ze ook alweer doen? 'Ik hoorde van eh... van jou en toen wilde ik naar je toe.'
Brenda's ogen lichten even op. 'Ik ga me aankleden,' zegt ze. 'Ik moet zo weg.'
Ze mag niet weg, ze moet praten. Anders weet ze straks nog niets.
'Wanneer is het gebeurd?'
Brenda kijkt haar niet aan. Ze schudt haar hoofd.
'Ik kan me het haast niet voorstellen van Brandt. Hij is altijd zo aardig.'
'Voor jou misschien!' Dat is de oude Brenda weer. Kattig als altijd. 'Ik moet opschieten. Dag.' Ze gooit de deur dicht.
Stom, dat van Brandt had ze niet moeten zeggen. Nu lijkt het net of ze haar niet gelooft. Maar gelooft ze haar dan? Er moet iets gebeurd zijn, dat kan niet anders. Ze stapt op haar fiets en rijdt langzaam de hoek om, langs De Pomp. Brenda's moeder zet net de stoeltjes op het terras. Haar lange haar sliert langs haar gezicht, haar bruine benen steken bloot onder haar korte rokje vandaan. Op haar hoge hakken wiebelt ze naar binnen. Net Brenda.

'Als Sam blijft huilen, mag je hem zo nog een flesje pap geven.' Maaikes ouders moeten naar school. Er is een voorlichtingsavond over 'het gebeurde', zoals dat heet. Onder Engels hebben ze het er met Gils over gehad. Kim vertelde het. Ze dachten dat zij er ook wat mee te maken had omdat ze naar huis was gegaan. En omdat ze voor Brandt was opgekomen. Belachelijk gewoon. Gils heeft gezegd dat er nog helemaal niets bewezen is. Dat het best een misverstand kan zijn. Maar opeens schijnen er allemaal meisjes te zijn die iets raars zouden hebben gemerkt aan Peter.

'Het is goed dat ze het uitzoeken,' zei pap. 'Er gebeuren te veel gekke dingen tegenwoordig.'
'Peter kan het niet hebben gedaan,' verdedigde zij hem toen weer. Maar het kwam er al minder overtuigd uit dan vanochtend.
De deur valt dicht, de telefoon gaat. Het is Myrthe.
'Chantal zegt dat je bij Brenda bent geweest. Dat is toch niet zo?'
'Wel.' Aan de andere kant blijft het stil. 'Wat is er dan?'
'Brenda vindt je een schijnheilige trut omdat je net deed of je het zielig voor haar vond.'
'Zegt Chantal dat?'
'Ja.'
'Ik vind het ook zielig. Als het waar is.'
'Je weet best dat ze liegt. Ze liegt altijd.'
'Ik weet niet of ze liegt. Ze was... anders.'
'Hm.' Het klinkt geërgerd. 'Dus dan doe je zeker ook niet mee aan de handtekeningenactie?'
'Voor wie gaan jullie handtekeningen ophalen?'
'Voor Brandt natuurlijk. Ik snap jou niet meer. Eerst ben je voor Brandt en nu opeens voor Brenda.'
'Ik ben niet voor Brenda. Maar ik weet niet wat er is gebeurd.'
'Oké, dan doen Kim en ik het wel alleen.' Myrthe hangt op. Nu is ze kwaad. Maar wat moet ze dan? Ze weet het echt niet. Hoewel ze nog steeds niet kan geloven dat Peter het heeft gedaan. Ze zou het liefst helpen met handtekeningen ophalen. Maar als het waar is van Brenda, wil ze haar ook helpen. Dat is toch normaal?
Sam begint weer te huilen. Ze gaat hem uit bed halen. Dan doet ze tenminste iets.

Als Sam alweer lang en breed ligt te slapen, komt Milan binnenwandelen.
'Kijk eens wat ik heb.' Opgewonden legt hij een pakje op tafel. Ze kan al raden wat het is; het ziet er net zo uit als het pakje dat zij kreeg. Er komt een beeldschoon kettinkje uit, nog mooier dan dat van haar.

‘Voor Brenda,’ zegt hij. ‘Denk je dat ze het mooi vindt?’
De woorden ‘geïdealiseerde spirituele liefdesaffaire’ schieten onwillekeurig door haar hoofd. Zou hij met Brenda willen? Dat kan hij net zo goed niet proberen, want ze moet hem toch niet. Het woord ‘platonisch’ fietst er achteraan; hij hoeft niets, hij wil alleen maar van haar houden. Gatver, van Brenda! Ergens kan ze het niet uitstaan.
‘Nou? Zou ze het gek vinden als ik het aan haar geef?’
Als ze ja zegt, doet hij het niet. Dan krijgt zij het kettinkje.
‘Waarom wil je dat?’ Milan bloost. Zie je wel, hij is verliefd.
‘Omdat ik het erg voor haar vind. Daarom.’
‘Je moet die kettinkjes verkopen. Ze zijn hartstikke mooi.’
‘Denk je?’
‘Ik weet het zeker. Dit zou ik zo kopen.’
‘Maar dit is voor Brenda. Of vind je dat stom?’
‘Ze doet nooit aardig tegen je.’ Dat is echt zo; ze heeft Milan niet verteld van die luiergrap, en dat zal ze nooit doen ook, maar als hij dat hoort…
‘Geeft niet. Ik stop het wel bij haar in de brievenbus. Ze hoeft niet te weten dat het van mij is.’
Platonisch, dit is het dus, dit heeft zij voorspeld! Het klopt! Haar opwinding wint het van haar jaloezie.
‘Doe het maar,’ zegt ze. ‘Ze is gek als ze zo’n kettinkje niet mooi vindt.’ Milan heeft ze nog nooit zo zien stralen als nu.
‘Ik maak er voor jou ook nog een,’ belooft hij. ‘En voor Joëlla.’ Hij plakt het pakje weer zorgvuldig dicht. ‘Hoe laat is het?’
‘Kwart voor negen.’
‘Dan moet ik opschieten. Anders is ze misschien weg.’

‘LERAAR THUIS WEGENS VERDENKING ONTUCHT MET LEERLING’. Met grote letters staat het in de krant. Ook de naam van de school. Het maakt het nog erger dan het al was. Hun school, hun dorp, hun leraar… Net of het allemaal slecht is.
‘Maaike drietig?’ Joëlla klimt bij haar op schoot. Met ernstige oogjes speurt ze haar gezicht af op tranen die er niet zijn, de vieze slab in de aanslag om ze te drogen.

Ze moet alweer lachen.
'Viegtuig,' lacht Joëlla ook.
'Nee, geen vliegtuig. Ik moet naar school.' Ze geeft Joëlla een zoen en zet haar op de grond. Ze neemt geld mee want ze gaat het computerprogramma kopen. Dan kan ze zelf horoscopen maken. Ze heeft het vannacht allemaal liggen bedenken. Ze heeft pas het derde uur les, dus ze haalt het gemakkelijk.
Ze racet naar het centrum. De boekhandel is tegenover de bakker.
'Een astrologieprogramma, zeg je?' De vrouw achter de toonbank is een beetje verbaasd. 'Ja, dat hebben we wel.' Terwijl zij de cd haalt, pakt Maaike haar portemonnee vast. Hoe laat is het nu? Ze kan misschien nog net een krentenbol halen. Ze kijkt naar de overkant, het is rustig bij de bakker. Er staat maar één klant. Hij komt haar bekend voor. Is dat nou... Ze kijkt nog eens goed. Verrek, hij is het: Peter Brandt. Dat hij zomaar naar de bakker durft!
'Kijk eens hier. Dat is vijftien euro twintig.'
Met trillende hand geeft ze een briefje van twintig. Ze moet hem in de gaten houden, ze wil hem spreken. Een zware vrachtwagen blijft voor de bakker staan ronken. Nu ziet ze hem niet meer.
'Bonnetje?'
Nee, geen bonnetje. Opschieten.
'Gaat het zo mee?'
'Ja.' Met het wisselgeld nog in haar hand, rent ze voor de vrachtauto langs naar de overkant. Peter loopt net weg.
'Peter!'
Hij blijft staan. 'Hé Maaike.' Hij is zenuwachtig. Zijn ogen speuren onrustig de straat af.
'Ik vind het zo rot...' 'Voor je' slikt ze in.
'Ja... ja, het is rot.' Zijn mond trekt.
'Denk je dat je gauw weer op school komt?'
'Wat?' Hij doet een paar stappen opzij, een beetje van die stinkende uitlaat vandaan.
'Of je gauw weer op school komt,' roept ze boven het geronk uit.

'Ik hoop het.'
Wat kan ze nog meer zeggen? Zal ze zijn geboortedatum vragen of staat dat gek? Hij vindt niet zo gauw iets gek, aan hem kun je altijd alles vragen. Daarom is hij ook de leukste leraar. De enige tegen wie je gewoon Peter mag zeggen.
'Wanneer ben je geboren?'
'Wat?' Hij knikt onzeker naar een voorbijganger.
'Wanneer je bent geboren. Dan kan ik kijken of het goed afloopt.'
'Ben je daar nog steeds mee bezig?'
'Bij Milan klopte het.'
Peter fronst zijn wenkbrauwen. 'Dat geloof ik graag, maar… nee, laten we het nou maar niet ingewikkelder maken dan het al is. Het komt allemaal…'
De laatste woorden gaan verloren in het geronk.
'Wat?'
'Het komt wel weer goed,' schreeuwt Peter over het lawaai heen. 'Zorg jij nou maar dat je overgaat. Dat is veel belangrijker.'
'Maar jij helpt mij ook altijd.'
Nu kijkt Peter haar aan. Zijn ogen schieten vol. 'Zeven maart,' zegt hij. 'Zeven maart om half negen 's morgens. Dan word ik zevenendertig.'

Het is rustig op school. De examenklassen hebben geen les meer en 5 vwo is op kunstreis. Ze gaat eerst kijken of een van de computerlokalen leeg is. Op de gang staan ook computers, maar daar zit je niet rustig. Ze rent naar boven, langs de aula naar het achterste lokaal. Ze heeft geluk: er is niemand. Met die zon pal op de ramen, is het er nu al warm. Opeens heeft ze haast. Voor ze het raam openzet, start ze gauw de computer. Tijd om te kijken hoe de luxaflex naar beneden gaat, gunt ze zich niet. Het schijfje kan erin. Knijpend tegen het licht ziet ze het eerste beeld verschijnen. Horoscoop 2000, leest ze met moeite. Zo heet het programma. De rest kan ze niet zien, het licht is te schel. Die luxaflex moet echt naar beneden. Ze rukt aan de touwtjes maar er gebeurt niets. Hoe kan dat nou? Wat een stom ding!

'Zal ik dat maar even doen?' Gils komt binnen. O jee, als ze zich maar niet met haar gaat bemoeien.
'Heb je geen les?' Dat doet ze dus wel.
'Nee. Ik moet eh… ik ben bezig met een werkstuk.'
De luxaflex gaat naar beneden. Horoscoop 2000 is nu van een kilometer afstand zichtbaar.
'Waarom halen ze die dingen toch iedere keer omhoog?' Gils laat de andere luxaflex ook zakken.
'Omdat de ramen open en dicht moeten.' Ze kan het beeld niet wegklikken, de computer is al bezig met opladen. Ze gaat ervoor staan.
'Waar gaat je werkstuk over?'
'Over… Markies de Vervier.' Ze zegt zomaar een naam.
'Ja ja, die. Interessant...' Het klinkt heel twijfelachtig. Gils heeft natuurlijk geen idee wie dat is. 'Ga maar gauw door liefje, ik zal je niet storen.'
Liefje liefje, altijd maar liefje. Zou ze nog wel weten hoe ze echt heet?

De gebruiksaanwijzing is gelukkig gemakkelijk te volgen. Het duurt alleen langer dan ze dacht. Op de gang komen stemmen dichterbij. Nee toch, ze wil net Peters naam invoeren. Maar de deur gaat al open. Niet rood worden, het is 3 vwo! Joep ziet haar nog niet. Hij loopt te kletsen met Wendy. Weer met Wendy. Ze kijkt gauw naar haar scherm. Wat moet ze doen: stoppen of doorgaan? Straks zien ze het.
'Wat ben je aan het doen?' Te laat. Joep staat al naast haar.
'O eh…Dit is voor een werkstuk.' Hij vindt het natuurlijk stom.
'Geloof je daarin?' Hij wijst naar de voorbeeldtekening op het scherm.
'Ik weet het niet. Ik vind het wel leuk.' Wat vervelend dat ze toch weer bloost.
Wendy komt erbij staan. 'Zit je hier helemaal alleen?' vraagt ze.
'Ze is bezig met een werkstuk over horoscopen,' verklapt Joep meteen. 'Dat is wat voor jou.' Ze hebben samen wat, zie je wel. Dat hij haar mee vroeg naar het feest, was alleen maar uit medelijden. Ze wil niet kijken, maar ze ziet toch dat Wendy om Joeps nek hangt.

'Gaat dat goed samen? Joep is een Leeuw en ik ben een Waterman.'
Een Leeuw en een Waterman, gelukkig niet! 'Watermannen vinden Leeuwen te veel de baas spelen en...'
'Klopt!' lacht Joep. 'Daarom kunnen we er maar beter niet aan beginnen.' Hij trekt Wendy mee. 'Samen een werkstuk maken met zo'n dombo is al erg genoeg.'
'Alsof ik wat met je zou willen,' lacht Wendy ook. 'Met zo'n kleuter.'
Gaan ze dan niet met elkaar?
'Liever een kleuter dan een oud wijf. Jij zit nu al vast!'
Nee, ze hebben niets! Voor het eerst vandaag voelt Maaike zich vrolijk worden.

De tijd vliegt om. Ze is geen steek verder gekomen omdat ze wil horen wat Joep en Wendy allemaal zeggen. Wendy heeft in ieder geval een vriend die al een rijbewijs heeft. En ze is te weten gekomen wanneer Joep jarig is. Ze durft zijn horoscoop alleen niet in te voeren met al die anderen erbij. En die van Peter ook niet. Ze wacht wel tot ze weer weggaan. Hier zitten is al leuk genoeg.
Als de bel gaat, komt Joep langs geslenterd. Vanuit haar ooghoeken ziet ze hem aarzelen.
'Ik zag gisteren Milan nog,' zegt hij. 'Maakt hij die kettinkjes echt zelf?'
'Ja.' Hoe weet hij dat? Wanneer heeft hij Milan dan gezien?
'Ik wist niet dat hij daar zo goed in was. Leuk dat hij er een aan Brenda heeft gegeven.' Hij loopt als laatste het lokaal uit.
Was Joep bij Brenda? Een scheut van jaloezie schiet door haar heen. Haar goede humeur is alweer bedorven.
P e t e r B r a n d t, typt ze. Onuitstaanbaar is het! 7 M a a r t 1 9... Even rekenen, hij werd negenendertig... Misschien zaten ze wel gewoon in De Pomp, dat kan ook. Ze denkt natuurlijk weer meteen het allerergste, net als met Wendy. Waar is Brandt geboren? Dat heeft ze niet gevraagd. Dan doet ze Amsterdam maar. Ze zal wel aan Milan vragen hoe het precies is gegaan. Wel gek, want hij gaat nooit alleen de kroeg in. A m s t e r d a m. Nee, wacht even, het is Leeuwarden.

Peter is in Leeuwarden geboren, dat heeft hij wel honderd keer verteld. L e e u w a r d e n. Nu is het wachten op de tekening. Waar blijft-ie? Er gebeurt niets. Ze moet toch op enter drukken? Ze probeert het nog een keer: weer niets. En ze heeft ook geen tijd meer, ze moet als een haas naar geschiedenis. Gatver, alles mislukt. Ze zet de computer uit en stopt de gebruiksaanwijzing in haar tas. Ze gaat er wel mee naar Esther.

Uit school fietst ze meteen naar haar toe. Ze moet weten hoe het zit, want zolang ze geen partij kiest, doet iedereen stom tegen haar.
'Hoi Maaike,' groet Esther enthousiast. 'Tijd niet gezien.' Dat is waar, ze is zeker vier weken niet geweest. De gouden regen in de achtertuin is alweer uitgebloeid en in plaats van met violen zijn de bloembakken nu gevuld met geraniums. Ze zal eens zo'n plant met van die blauwe bloemetjes voor haar kopen, die hebben zij thuis ook. Dat vindt ze vast leuk.
Esther trekt de koelkast open en schenkt zonder iets te vragen ijsthee voor hen in. Ze loopt ermee naar buiten.
'Wanneer krijg je vakantie?'
'We hebben nog drie weken les, en boeken inleveren is over vier weken.'
'Ik las het van die leraar bij jullie op school.' Ze gaan op het terras zitten. 'Wie is dat? Heb jij les van hem?'
'Peter Brandt.' Mooi, ze begint er zelf over. 'Hij is onze mentor. Echt heel aardig.'
'Wat verdrietig dan. En dat meisje dat aangifte heeft gedaan?'
'Brenda. Ik weet het niet, ze is een beetje...' Hoe moet ze dat zeggen?
'Nou, een beetje wat?'
'Dellerig.' Ja, dat is ze. 'Ik weet niet of het waar is wat ze zegt.'
'Maar wat denk je?'
'Dat Peter het niet heeft gedaan. Kun jij niet even kijken?'
'Waarom? Je weet het toch al?'
'Ik wil het zeker weten.'
'En doe je dat als ik het zeg?'

'Ja.'
'Dus je vertrouwt meer op mij dan op jezelf?'
Wat zegt ze nou toch allemaal? 'Jij gelooft er toch ook in?'
Esther schudt haar hoofd. 'Waarom wil je het zo graag zeker weten?'
Omdat ze dan weet wie ze moet helpen. Waarom doet ze nou zo moeilijk?
'Wil je alsjeblieft kijken?'
Esther kijkt haar peinzend aan en staat dan op. Ze neemt haar thee mee naar de kamer. 'Oké, als je echt denkt dat ik je daarmee help...' Ze zet de computer aan. 'Maar ik zeg je nu alvast: je schiet er niets mee op.'
Wel! Ze snapt Esther niet: toen Milan weg was, keek zij ook waar hij was. Dat was juist zo mooi. Wacht, ze bedenkt opeens wat: haar programma. Misschien kunnen ze het even op Esthers computer uitproberen. Waar is dat schijfje? Ze graaft in haar tas. Het boekje met de gebruiksaanwijzing heeft ze wel, maar de cd zelf?
'Wanneer is hij geboren?'
'Zeven maart om half negen 's morgens en hij wordt negenendertig.'
Esther typt de datum in. De tekening verschijnt.
'En?' Ze krijgt opeens de zenuwen. Straks ziet ze dat hij een verkrachter is, dat Brenda gelijk heeft. Moet ze dat dan op school gaan zeggen? En als ze hem tegenkomt, moet ze dan net doen of ze van niets weet? Dat kan toch niet? Het zou verschrikkelijk zijn!
Esther zwijgt. Ze typt nog iets in en verandert het beeld.
'Hm,' zegt ze. En nog een keer: 'Hm.'
Zeg nou wat! 'Denk je dat hij het heeft gedaan?'
Esther sluit het programma af en zet de computer uit. Ze staat op en neemt bedachtzaam een slokje van haar ijsthee.
'Nee,' zegt ze, 'dit lijkt me zeker geen man die zoiets zou doen.'

6

Brenda is voor het eerst weer op school. Ze wordt door iedereen met open armen ontvangen, terwijl nog steeds niemand echt weet wat er is gebeurd. De één beweert dat het alleen om een zoen gaat, de ander zegt dat Peter onder haar kleren heeft gezeten en weer anderen denken dat het nog veel erger is. Maar als je aan ze vraagt van wie ze dat hebben gehoord, dan is het nooit van Brenda zelf. Zelfs Chantal kan dat niet zeggen. Myrthe, Maaike en Kim hebben daar nog ruzie met haar over gemaakt. Het begon op het schoolplein, iedereen stond eromheen. Chantal vond het belachelijk dat ze die handtekeningen gingen ophalen.
'Hoe kun je nou weten dat Peter het niet heeft gedaan?' riep ze. 'Jullie waren er toch niet bij?'
'Jij wel soms?' zei Kim toen.
'Brenda is mijn beste vriendin,' riep zij daarop weer.
'Nou en?' Myrthe was nog het felst. 'Je beste vriendin kan ook liegen.'
Chantal werd link. 'Brenda liegt niet!' gilde ze.
'Peter ook niet!'
'Peter wel!' Dat had ze beter niet kunnen zeggen, want toen konden zij vragen:
'Waar liegt Peter dan over? Wat heeft hij volgens Brenda dan gedaan?'
Het werd doodstil. Iedereen was benieuwd.
Chantal begon eerst te stuntelen en toen zei ze: 'Dat mag ze niet zeggen.'
'Van wie niet?'
'Van haar ouders niet. Ze vinden het al rot genoeg.'
'Ze weet niets te zeggen, zul je bedoelen. Omdat het niet waar is.' Dat had Myrthe beter weer niet kunnen zeggen, want nu kreeg zij iedereen tegen zich. Niemand wilde meer een handtekening zetten.

Vrijdag heeft meneer Harteveld, de directeur, in de aula uitgelegd dat dat ook geen zin had. De hele school was bij elkaar geroepen.
'Het is een nare kwestie,' zei hij, 'waar we allemaal erg van zijn geschrokken. Maar laten we ons hoofd erbij houden: we weten niets zeker. En zolang dat zo is, gaan we ook niemand beschuldigen of handtekeningen ophalen. Het enige dat we kunnen doen is Brenda helpen. Want wat er ook is gebeurd, zij heeft het moeilijk.' Ze keken meteen allemaal hun kant op. Joep ook. Hij is nu al twee keer bij Brenda geweest, dat vertelde Milan. Bij haar thuis, want daar heeft hij hem de eerste keer ook gezien. De directeur waarschuwde aan het eind nog voor de pers. 'Er zijn mensen bij wie het niet om de waarheid gaat, maar om het verhaal. Daar verdienen ze hun geld mee. Maar denk eraan jongens, zeg niets tegen dit soort figuren, wat ze ook beweren. Ze richten met hun geroddel alleen nog maar meer schade aan. Want ook al blijkt een verhaal later niet waar te zijn, de verdenking blijft bestaan.'

Het praatje van meneer Harteveld heeft het er niet beter op gemaakt. Omdat hij alleen had gezegd dat het moeilijk voor Brenda was, gelooft nu helemaal iedereen dat Peter schuldig is. Op het plein doen de wildste verhalen over hem de ronde: hij zou al eens eerder betrapt zijn op een andere school, hij zou in zijn blootje rondlopen in huis, en Chantal beweert zelfs dat hij altijd op het naaktstrandje loopt te gluren.
'Hoe weet ze dat? Gaat ze soms zelf naar het naaktstrand?' Myrthe kijkt vuil haar kant op.
'Dat moet ze eens zeggen als hij erbij is, dan kan hij zich verdedigen.' Kim kan Chantal ook wel villen. 'Maar dat durft ze niet, let maar op. Als hij terugkomt, doet ze weer poeslief tegen hem.'
'Zullen we eens naar zijn huis gaan?' Myrthe kijkt hen aan.
'Van Peter?' Kim aarzelt.
'Ja, waarom niet? Iedereen laat hem vallen. Hij moet weten dat er ook mensen zijn die hem geloven.'
'Ik weet niet of hij daarop zit te wachten. Wat denk jij, Maaike?'

‘We kunnen hem misschien beter een brief schrijven.’ Toen ze vorige week twee minuten met hem stond te praten wist ze al bijna niets te zeggen. Schrijven is gemakkelijker.
‘Laten we hem dan een e-mail sturen,’ bedenkt Myrthe.
‘Bij jou thuis?’
‘Nee, nu. Op school.’
‘Maar dat kunnen ze zien!’ Kim krijgt het een beetje benauwd.
‘Nou en? Iedereen mag weten hoe we erover denken. Toch Maai?’
Opeens is het weer net als vroeger. Ja, iedereen mag weten hoe Myrthe en zij erover denken. Dat is juist leuk.

‘Beste Peter’. Dat staat er alvast.
‘We denken veel aan je.’ Die zin komt van Myrthe. ‘Of klinkt dat te overdreven?’
Nee, het is toch zo? Ze denkt iedere dag aan hem. Maar dat komt ook een beetje omdat Joep door dit gedoe steeds bij Brenda zit.
‘Ja, we denken veel aan je. Zullen we gewoon zeggen dat er op school veel over hem wordt gepraat?’
‘Is dat niet lullig?’ Kim heeft zelf nog niet één zin kunnen bedenken.
‘Waarom? We hoeven toch niet te schrijven wat ze precies zeggen?’
‘Oké.’ Kim typt: op school heeft iedereen het erover, maar dat begrijp je zeker wel.
‘Maar wij doen daar niet aan mee. Wij geloven niet dat jij expres iets verkeerd zou doen.’ Is dat wat?
‘Heel goed,’ knikt Myrthe. Kim typt.
‘En verder?’
Ze denken alledrie diep na.
‘Als we wat voor je kunnen doen, moet je het maar zeggen?’ Dat roept haar moeder ook altijd.
Myrthe knikt en Kim typt weer. ‘Hartelijke groeten van Myrthe, Maaike en Kim,’ zet ze eronder en dan gaat de mail weg.

Het vijfde uur hebben ze een proefwerk Engels van Gils. Het cijfer bepaalt de helft van het rapportcijfer dus het is superbelangrijk.
'Kunt u het niet een week uitstellen?' vraagt Chantal. 'We hebben haast geen tijd gehad om het te leren.'
'Nee,' roept Kim. 'Alsjeblieft niet!'
Gils twijfelt, ze knippert onderzoekend de klas rond.
'Gewoon door laten gaan,' valt Nils Kim bij. 'Dat gezeik altijd.' Meer kinderen knikken. Ze hebben het proefwerk maar liever achter de rug.
'Anders moeten we het nog een keer leren!' Kim draait zich om naar Maaike. 'Zeg jij wat, naar jou luistert ze wel.'
Waarom? Het maakt haar niets uit of ze het volgende week maken of nu.
'Toe dan!' dringt Kim aan. 'Chantal moet altijd haar zin hebben.'
Oké, als ze dat per se wil... 'Ik doe het ook liever nu,' zegt ze min of meer hardop.
Gils hoort het, ze is verbaasd. 'Waar heb jij het volgende week zo druk mee?' Klinkt het een beetje bits of lijkt het maar zo?
'Gewoon.' Ze heeft het helemaal niet druk. Ze moet alleen twee keer oppassen maar dat heeft hier niets mee te maken.
'Gewoon is geen reden. Wie heeft er wel een geldige reden?'
Ze zegt geen liefje. En ze heeft haar nauwelijks aangekeken.
'We hebben volgende week al vier proefwerken,' zegt Kim.
'En een schriftelijk natuurkunde,' bedenkt Myrthe.
Gils geeft geen antwoord. Ze kijkt naar Brenda. 'En jij liefje?'
Krijg nou wat, Brenda is opeens het liefje!
'Ik wil het ook liever volgende week,' zegt ze zwakjes.
'Goed, dan stellen we het uit,' beslist Gils. 'Schrijf maar in je agenda voor maandag. Dan hebben jullie nog een heel weekend om te leren.'
Kim wordt kwaad. 'De meeste stemmen gelden! Iedereen wil het nu maken.'
'Brenda heeft een paar lessen gemist. Misschien kun je daar een klein beetje begrip voor opbrengen?' Gils schrijft met

grote letters 'to say' op het bord en houdt Brenda het krijtje voor.
'Ga je gang, liefje.'
'Belachelijk!' protesteert Kim. 'Kan ze het niet apart inhalen?'
'Kim Veldstra, als je je mond niet kunt houden, mag je ergens anders gaan zitten.'
'Best.' Kim staat op, pakt haar tas en loopt de klas uit. 'Ik zit hier toch mijn tijd te verknallen. Ik heb die rijtjes thuis al geleerd.'
'Mag ik ook weg?' Myrthe stopt gauw haar pen in haar etui. 'Dan kan ik vast aan mijn Frans.'
Maar dat is niet de bedoeling. Gils loopt rood aan. 'Jij blijft zitten. Of was je weer van plan een drie te halen?
'Maar Kim...'
'Met Kim reken ik later wel af. Ik heb genoeg van jullie provocerende acties.'
Waar heeft dat mens het over? 'En Maaike moet ook oppassen.'
Nou ja! Ze doet niet eens wat!
'Toe maar Brenda: I say, you...?'

'Wat een stom wijf!' Myrthe kan er maar niet over uit. Maaike fietst samen met haar en Milan naar de Plas. Super sloom want het is bloedheet. Kim moet voor straf een uur nablijven, dus die komt later.
'Zag je dat Brenda zat te lachen?'
Nee, dat heeft ze niet gezien. Wel dat ze zenuwachtig was. Ze zat de hele ochtend op haar wang te kauwen. Toch wel raar.
'Jij bent toch bij Brenda thuis geweest?' Myrthe kijkt om naar Milan. Hij fietst stilletjes achter hen. Het is de eerste keer dat hij weer naar de Plas gaat. Myrthe begreep wel dat hij niet alleen durfde, daarom vond ze het niet erg dat hij met hen meeging.
'Ja.'
'Heeft ze tegen jou...' Verder komt ze niet, want met veel gebel en geroep worden ze door het clubje van Didier ingehaald. Brenda en Chantal zijn er ook bij. Ze laten zich trekken

door de jongen op de brommer. Iedereen moet aan de kant.
'Is Joep is er niet bij?' Milan kijkt achterom. 'Hij zou ook gaan.'
'Heeft Brenda nou wat met hem?' vraagt Myrthe.
Milan bloost. 'Nee hoor. Ze is met niemand.'
'Maar ze probeert hem wel te krijgen.'
Milan haalt zijn schouders op. Hij vindt dat natuurlijk niet leuk om te horen. Zij ook niet, maar dat hoeft Myrthe niet te merken.

Het is druk bij de Plas. De fietsen staan rijen dik tegen het hek aan. Ze kunnen die van hen pas een eind van de ingang kwijt. Milan is nerveus.
'Kom maar.' Maaike slaat haar arm om hem heen. Zouden die jongens er weer zijn? De vorige keer was het ook een gewone doordeweekse dag. Milan maakt zich los, hij wil alleen lopen. Ze laten hun abonnementen zien en lopen naar het veldje waar ze altijd zitten. Ze zien het groepje van Josje en Ezhar.
'Daar gaan we niet zitten hoor,' beslist Myrthe.
'Daar dan, bij Brenda,' wijst Milan. De groep is onder de grote boom neergestreken.
'O nee, daar helemaal niet. Zullen we hier?' Myrthe gooit haar tas vast op de grond. Milan kijkt eerst nog om zich heen, zijn ogen zoeken het veld af.
'Zie je ze?'
'Wie?'
'Die jongens natuurlijk.'
Milan schudt zijn hoofd.
'Ik ga meteen zwemmen,' zegt Myrthe. Ze legt haar handdoek over haar tas en loopt naar het water.
'Ik ook.' Hoe eerder ze het water in is, hoe beter het is. Haar slapen bonzen van de hitte.
Milan gaat op zijn handdoek zitten. Hij houdt zijn kleren aan.
'Ga je niet zwemmen?'
'Straks misschien. Ik blijf hier, bij de spullen.' Hij kijkt weer om zich heen. Hij is natuurlijk bang. Zo kan ze hem niet laten zitten.

‘Kom nou joh. Ze zijn er toch niet?’
‘Weet ik wel.’
‘Nou dan.’ Myrthe is al in het water; zij wil ook zwemmen. Maar Milan blijft zitten.
‘Leg jouw spullen dan bij mij onder de handdoek.’ Niet dat dat wat helpt.
‘Ga nou maar, ik wacht hier wel.’
‘Vind je het echt niet erg?’ De zon prikt op haar rug, de zweetdruppeltjes kriebelen op haar hoofd.
‘Nee. Dat zeg ik toch!’ Even verschijnt de harde blik weer in zijn ogen.
Oké, als hij zo doet... Ze rent naar het water.
‘Myrthe!’

Het is heerlijk! Ze kan wel uren blijven dobberen. Af en toe kijkt ze naar de kant.
Milan zit nog steeds om zich heen te kijken. Hij heeft alleen zijn T-shirt uitgetrokken.
‘We moeten opletten of we Kim zien,’ zegt Myrthe. ‘Ze moet nu zo ongeveer komen.’
‘Dat kan nooit, we zijn hier pas een half uur.’ Met z’n tweeën is het toch ook leuk?
Maar Myrthe heeft geen rust meer. ‘Straks loopt ze ons te zoeken.’
Ze duiken nog één keer onder, kieperen nog één keer iemand van zijn luchtbed af, proberen elkaar nog één keer te verzuipen en dan gaan ze er echt uit.
‘Waar is Milan?’ Myrthe ziet het ’t eerst. Hij is verdwenen, zijn handdoek en zijn tas zijn ook weg.
‘Net was hij hier nog.’ Waar kan hij nou opeens zijn?
‘Kijk.’ Myrthe knikt naar het groepje van Didier. Daar zit hij, bij Brenda, in zijn zwembroek, op zijn handdoek. Shit, Joep zit er ook.
‘Is Milan soms ook op Brenda?’
‘Ik denk het. Hij heeft gister weer een enkelbandje aan haar gegeven.’ Zo overdreven, ze draagt het waarschijnlijk niet eens!
‘Hij kan het wel vergeten. Brenda wil Joep.’ Ja hoor, dat weet ze nou wel. ‘Heeft hij dat niet door?’

'Weet ik veel?' Ze gaat op haar handdoek liggen en doet haar ogen dicht. Dat gezeur over Brenda en Joep!
Myrthe geeft haar een por. 'Moet je zien wat een stuk.'
Ze rolt op haar buik. 'Waar?' Ze moet Joep maar uit haar hoofd zetten en gewoon naar andere jongens kijken.
'Die blonde daar, met die halve spijkerbroek en die blauwe tas.'
'Waar dan?' Ze ziet hem niet.
'Links van de vlag. Kijk dan.'
Links van de vlag... Ze ziet wel Kim bij de ingang, maar... Ja, ze ziet hem. Hij is zeker al achttien, als hij niet ouder is. Hij komt hun kant op.
'Shit! Niet kijken, niet kijken.' Myrthe giechelt. Ze gluurt voorzichtig zijn kant op. De jongen gaat vlakbij zitten.
'Kijkt-ie?'
'Nee.' Joep trouwens ook niet.
Kim komt aangelopen. Ze is knalrood van de hitte en van nijd.
'Weet je wat Gils zei?' begint ze meteen.
Maar Myrthe is niet geïnteresseerd. Ze trekt Kim aan haar shirt en knikt veelbetekenend in de richting van de blonde jongen. Kim begrijpt het meteen; haar frons verandert in een lach.
'Ik ga eerst zwemmen,' zegt ze. Ze gooit haar kleren uit.
'Ik ga met je mee.' Myrthe springt meteen op. 'Kom je ook?'
'Nee, ik ga iets lekkers kopen. Wat willen jullie?'
'Een waterijsje,' roept Kim.
'Ik ook,' roept Myrthe. 'Een raket.'
Twee raketten en één cornettto. Ze pakt haar portemonnee.

Er staat een lange rij bij het winkeltje. Ze telt de mensen voor haar, het zijn er drieëntwintig. Ze mogen er wel eens een verkoper bijnemen. Pas op, die jongen is achter haar. Je moet het goed in de gaten houden want iedereen dringt voor. Ze is achter dat meisje met die rode bikini, die kwam vlak voor haar. De rij groeit met de minuut. Daar heb je Brenda ook. Ze loopt haar straal voorbij en gaat voor het meisje met de rode bikini staan.

'Je moet achteraan hoor,' zegt het meisje.
Brenda draait zich om. 'Ik stond hier net al. Ik was alleen mijn geld vergeten.'
'Zo kan ik het ook.' Het meisje met de rode bikini ergert zich. 'Gisteren stond ik vooraan, dan kan ik daar ook wel gaan staan. Toch?' Ze kijkt Maaike aan.
'Ja, en dan ben ik nu aan de beurt.' Wat een onzin.
Brenda's ogen schieten vuur. 'Heb je weer wat te zeggen?'
'Het is toch zo?'
Brenda gaat nu voor haar staan. 'Je kunt het alleen maar niet uitstaan,' zegt ze.
'Wat?' Dat zij eerder aan de beurt is?
'Dat Joep met mij wil.' Bam, die zit. Moet je die triomfantelijke blik op dat smoel zien. Als ze maar niet denkt dat ze haar heeft.
'Joep wil jou niet.'
'Jou zeker wel?'
Nu moet ze slim zijn. 'Nee, mij ook niet.'
'Dat heb je gelukkig dus wel door.'
'Natuurlijk.' Wat ze nu gaat zeggen is gemeen, ze weet het, maar ze doet het toch. 'Joep wil geen meisjes zoals wij.' Brenda snapt er even niets meer van. Dat is precies de bedoeling. 'Meisjes die het met een leraar doen, wat jij en ik hebben gedaan, vindt hij smerig.'
'Ik heb helemaal niks gedaan.' Het is eruit voordat ze er erg in heeft. Je ziet haar schrikken.
'O nee?'
Brenda loopt weg. Woest is ze. 'Trut!' schreeuwt ze bijna huilend. 'Je denkt dat je alles weet, maar je weet niks. Hoor je dat? Helemaal niks!'
Nee nee… Nou, ze weet genoeg. Meer dan genoeg.

Ze moet rennen met de ijsjes want ze smelten waar je bij bent.
'Wat bleef je lang weg,' zegt Myrthe. Ze wikkelt het papier eraf. 'Heb je het stuk nog gezien? Hij ging ook naar het winkeltje.'
'Nee. Alleen Brenda. Ze heeft net bekend dat ze niets heeft gedaan met Peter.'

'Gek!'
'Echt.' Ze vertelt wat er is gebeurd. Kim en Myrthe kijken ondertussen onafgebroken naar het groepje van Didier. Daar zit Brenda ook te vertellen.
'Ze zegt nu natuurlijk dat jij wat met Peter hebt gehad,' bedenkt Kim.
'Ze doet maar, ik weet wel beter.'
'Ga je het aan Harteveld vertellen?'
'Natuurlijk. Peter moet terugkomen.' Nu weet ze het tenminste echt zeker.
Weer kijken ze naar Brenda. Ze zit met haar rug naar hen toe.
'Die schijt natuurlijk in haar broek,' lacht Kim.
Dat is wel zeker, maar ze kan er niet om lachen. 'Ergens is het toch zielig.'
'Zielig? Waarom? Voor Peter is het pas zielig. Hé, daar heb je hem weer.'
Myrthe knikt naar het stuk. Hij heeft vier blikjes cola gehaald.
'Jullie ook?' vraagt hij.
Kim kijkt of ze sneeuw ziet. 'Wie? Wij?'
Myrthe krijgt de slappe lach van de zenuwen.
'Geef maar,' zegt Kim.
De jongen komt bij hen zitten. 'Moeten jullie niet naar school?'
'We zijn al geweest.' Kim krijgt nu ook de slappe lach.
'Waar zitten jullie?'
Kim stoot Myrthe gauw aan. 'vwo, in de derde,' liegt ze gauw. 'En jij?'
'Ik op de technische universiteit,' zegt de jongen.
Myrthe probeert even normaal te doen. 'Op de hoe-heet-dieweg?'
'Precies, die.'
'Myrthe heeft altijd al met een student gewild,' lacht Kim.
Myrthe slaat haar hand voor Kims mond. 'Let maar niet op haar. Zo begint ze altijd. Ze durft niet te zeggen dat ze zelf wil.'
De jongen laat zich niet van de wijs brengen. 'Zitten jullie op het Prins Clauscollege?' Hij kijkt maar naar haar, want Kim en Myrthe zijn niet aanspreekbaar meer. Ze rollen tegen elkaar aan van het lachen. Ze knikt.

‘Daar is toch die leraar geschorst?’
‘Ja.’
Myrthe komt weer een beetje bij. ‘Kun jij geen wiskunde bij ons komen geven? Daar moet je goed in zijn als je op de technische universiteit zit.’
‘Dan mag je bij ons…’ Kim moet zo hard lachen dat de rest van de zin niet te verstaan is.
‘Zijn ze altijd zo melig?’ vraagt de jongen aan haar.
‘Meestal wel.’ Ze moet zelf ook lachen. Het is zo flauw.
‘Heeft die leraar aan meer meisjes gezeten?’
‘Ja, maar dat vonden we niet erg,’ schatert Kim. ‘We houden van knappe leraren.’
‘Kim hoor, ikke niet,’ zegt Myrthe. ‘Ik val meer op leraressen.’
‘Dus ik kan het wel vergeten?’ De jongen knipoogt naar Myrthe. Ze weet niet waar ze het zoeken moet. ‘Dat moet ik eerst aan mijn moeder vragen, die weet wat het beste voor me is.’
‘Mag je dan nog wel naar zo’n gevaarlijke school?’
Hij zeurt wel door. Kim zegt weer iets onverstaanbaars, maar Myrthe heeft het blijkbaar wel verstaan.
‘Vraag maar aan Maaike,’ giert ze.
‘Wat?’
‘Ik weet het niet.’ Hij moet niet bij haar zijn.
‘Dan ga ik maar eens,’ zegt hij. Hij staat op.
‘Ah…’ Myrthe kijkt hem teleurgesteld aan. ‘Ga je nu al?’
‘Ik moet nog werken.’
Werken?
‘Ik zie jullie wel weer eens.’ En weg is hij.
‘Jouw schuld.’ Myrthe geeft Kim een zet. ‘Als jij niet zo stom had gedaan over die knappe leraren.’ Ze schieten weer in de lach.
Maaike lacht niet mee. Er klopte iets niet met die jongen en dat geeft een raar gevoel.

7

'SCHANDAAL ROND ONTUCHT LERAAR PRINS CLAUSCOLLEGE MOGELIJK GROTER DAN AANVANKELIJK LEEK'.
Maaikes vader leest het hardop voor aan het ontbijt. *'Meerdere meisjes aan het Prins Clauscollege hebben toegegeven intiem contact te hebben gehad met P.B., de leraar wiskunde die onlangs wegens ontucht is geschorst. De meisjes leken het volkomen vanzelfsprekend te vinden. "Wij houden van knappe leraren," zei een van hen luchtig. Net als haar vriendinnen lachte...'*
Maaike laat van schrik haar mes vallen. Ze voelt het bloed uit haar hoofd wegtrekken. Wat is dit? Wie heeft... Ze grist de krant onder haar vaders neus vandaan.
'Ho eens even, wat is er aan de hand?'
'Het klopt niet. Hij liegt! Zo ging het niet.' Wat een klootzak!
'Wat klopt niet?'
Ze heeft geen tijd om het uit te leggen. Ze wil Myrthe bellen. Waar ligt de telefoon? Ze loopt van tafel af.
'Wacht eens even.' Haar vader duwt haar terug op haar stoel. 'Vertel eerst eens wat er aan de hand is. Wat weet jij van Peter Brandt?' Hij klinkt boos en bezorgd tegelijk. Nu moet ze oppassen.
'Het gaat niet om Peter. Myrthe en Kim waren melig. Daarom zeiden ze dat.'
'Wat?'
'Wat er in de krant staat.' Daar hebben ze het toch over?
'Laat eens kijken...' O nee, nu gaat mam zich er ook mee bemoeien. *'Net als haar vriendinnen lachte ze om het incident op school,'* leest ze. *'Er ontstond zelfs een kleine schermutseling tussen het slachtoffer en een medescholier. Het slachtoffer verweet het meisje te gemakkelijk te oordelen over haar situatie. Wat die situatie precies inhoudt, wordt nog altijd niet*

prijsgegeven aan de buitenwereld. Ook de schoolleiding weigert vooralsnog ieder commentaar.'
Het is nog erger dan ze dacht!
'Met wie had Brenda ruzie?'
'Dat weet ik niet,' liegt ze. Ze wil er niet over praten, ze moet naar Myrthe toe. 'Ik ga, het is al tien over.'
'Kan ik niet beter even meegaan?' Haar vader vouwt de krant op. 'Meneer Harteveld zal wel vragen hebben.'
'Doe dat maar,' zegt haar moeder.
'Dat hoeft helemaal niet!' Ze regelt het zelf wel. 'Ik kan best vertellen dat die jongen alles heeft verdraaid.'
'Maar is dit alles?'
'Ja.' Wat zou er meer moeten zijn?
'Je weet zeker dat meneer Brandt niets verkeerds met jou heeft gedaan?'
Met haar?
'Natuurlijk niet!' Dat over Peter is allemaal gezeur. Laten ze liever naar Gils kijken, die is pas echt vals.
'Kijk me eens aan Maaike.' Pap neemt haar hoofd tussen zijn handen en keert haar gezicht naar zich toe. Zijn stem trilt een beetje. 'Je verzwijgt toch niets voor ons?'
Ze schudt haar hoofd. 'Echt niet.'
'Ga toch maar mee,' zegt mam.
Nu schudt haar vader zijn hoofd. 'Nee,' zegt hij. 'Ik vertrouw mijn dochter.'

Zowel Myrthe als Kim heeft thuis haar mond gehouden over de journalist.
'Ik ga niet zeggen dat wij het waren,' zegt Kim. 'Straks krijgen wij de schuld van dat stuk in de krant.'
Ze fietsen met z'n drieën naar school.
'Wij kunnen er toch niets aan doen?'
'Ze hebben ons natuurlijk wel zien praten.' Myrthe maakt zich zorgen.
'Met die jongen, ja. Maar ze weten niet dat hij die journalist was.'
'Wij ook niet,' zegt Kim. 'We moeten blijven doen of we dat nog steeds niet weten.'

'Ja.' Myrthe lacht alweer. 'Lekker ding was die TH'er hè?'
'Geef mij maar een journalist,' grinnikt Kim ook. En voor ze bij school zijn hebben ze alweer de slappe lach.

Of ze het ontkennen of niet: iedereen weet dat zij met de krant hebben gepraat. En wat nog erger is: iedereen fluistert tegen iedereen dat zij wat met Peter heeft. Gelukkig heeft ze Myrthe en Kim nog, want overal waar ze komt, smoezen ze en lachen ze of draaien ze haar de rug toe. Zelfs Milan doet raar. Daar is ze wel kwaad om.
'Je weet best dat het niet waar is.'
'Heb je dan niet tegen Brenda gezegd dat Joep jullie smerig vindt omdat jullie het met leraren doen?'
'Ja, maar dat was alleen om te kijken wat ze dan zou zeggen. En ze liegt.' Misschien was het trucje toch niet zo verstandig.
Milan zwijgt. Hij kijkt de andere kant op. Dat maakt haar nog kwader.
'Dus jij denkt dat ik wat met Peter heb gedaan?'
'Dat zeg ik niet. Maar ik vind het wel raar dat je Brenda niet gelooft. En dat vindt Joep ook. Hij heeft trouwens nooit gezegd dat hij Brenda smerig vindt.'
Nee, dat weet ze ook wel. Ze zegt toch net dat het een truc was? Maar Milan luistert niet meer. Hij slentert naar binnen, precies zoals Joep dat kan doen. Hij wil zeker op hem lijken zodat Brenda op hem valt. Stom joch.
Myrthe, Kim en zij wachten tot het laatst met naar binnengaan.
'Als we bij Harteveld moeten komen, blijven we zeggen dat we van niets weten, hoor,' waarschuwt Kim weer.
'Waarom? Ze weten het toch al. We kunnen beter vertellen hoe het is gegaan. Anders geloven ze ons zeker niet.' En vooral voor haar is dat nodig: ze moeten precies weten wat er is gebeurd.
'Nee!' Kim wordt bang. 'Als mijn moeder hoort dat ik met oudere jongens omga, mag ik niet meer naar de Plas.'
Maar Myrthe vindt praten ook beter. 'We moeten wel. Didier zei dat hij die journalist kent. En als je moeder het te weten komt, zeg ik wel dat het mijn schuld is,'

Ze moeten nu echt de klas in. Gelukkig hebben ze het eerste uur Boekel. Die praat tenminste nergens over. Hij deelt de blaadjes uit voor een s.o.
'Maaike?' Harteveld steekt zijn hoofd om de deur. 'Kun je even meekomen?'
Nou krijgt ze het. Ze staat op.
'Neem je spullen maar mee.'
Waarom moet ze haar spullen meenemen? Er wordt meteen druk gefluisterd. Ze pakt haar boeltje bij elkaar en loopt naar de deur.
'Sterkte,' zegt Myrthe als ze haar passeert.
Harteveld neemt haar mee naar zijn kantoortje. 'Je hoeft niet te schrikken,' zegt hij. 'Ik wil alleen maar even met je praten.' Hij houdt de deur voor haar open.
'Dag Maaike.' O nee, daar heb je haar weer: mevrouw Gils! Ze zit er met een begrafenisgezicht bij.
'Het leek mevrouw Gils verstandig om erbij te zijn. Zij heeft je al eerder gesproken.'
Gils? Waarover? Hoe komt ze erbij!
'Laatst in het computerlokaal.' Haar stem is honingzoet. 'Toen je zei dat je met je werkstuk bezig was. Weet je nog?'
Toen hebben ze toch niet gepraat?
'Ik voelde al dat je ergens mee worstelde,' gaat Gils verder. 'Je was zo gespannen.'
Ja, omdat Gils niet mocht zien waar ze mee bezig was.
'Meneer Brandt houdt je erg bezig, is het niet, liefje?' Nou opeens weer liefje!
Ze kijkt naar Harteveld.
'Is dat zo?' vraagt hij.
'Ja.' Laat ze het meteen maar vertellen. 'Ik vind het belachelijk dat iedereen denkt dat Peter aan meisjes zit. Dat is niet waar.'
'Ik geloof niets liever.' Hartevelds ogen staan verdrietig. 'Maar hoe weet jij dat zo zeker?'
'Brenda heeft het zelf gezegd.'
'Bestaat niet!' Gils spuugt de woorden er bijna uit. 'Brenda is een beschadigd kind.'
'Wat ze ons vertelt, klinkt inderdaad heel overtuigend, Maaike,'

zegt Harteveld ernstig. 'Ze kan het niet allemaal hebben verzonnen.'
'En toch is het zo.'
'Wat zei ze dan precies?'
'Dat ze niets met hem had gedaan.'
'Correct.' Dat is Gils weer. 'Zij heeft niets gedaan met hem, meneer Brandt heeft iets gedaan met haar. Waarschijnlijk hetzelfde...'
'Mevrouw Gils!' Harteveld kapt Gils hard af. Hij haalt even diep adem. 'Misschien is het verstandiger als ik verder alleen met Maaike praat.'
Gils begint gekwetst te knipperen. 'Mij best. Maar eerst wil ik dit geven.' Ze duikt in haar tas en haalt Horoscoop 2000 tevoorschijn. 'Want deze dame houdt zich tijdens de les met vreemde dingen bezig.'
Het was niet tijdens de les! Maar wel stom dat ze de cd in de computer heeft laten zitten.
Gils geeft hem aan Harteveld. 'Wat is dat?' vraagt hij.
'Een zogenaamd astrologie-programma waarmee ze heeft geprobeerd om de horoscoop te trekken van Peter Brandt.'
Shit, hoe kan dat? Ze had het niet bewaard! Het programma deed het niet eens!
'Hoe komt u hieraan?'
'Een leerling vond hem.' Ze knippert nu haar kant op. 'Je bent een intelligent meisje Maaike, maar eerlijkheid is een grotere deugd.'
'Wat heeft deze cd met eerlijkheid te maken?'
'Dat weet Maaike heel goed; een werkstuk over markies de Vervier.' Het honingzoet is omgeslagen in bitterzuur.
'Ik had de eerste twee uur vrij.' Ze heeft niets verkeerds gedaan.
'Ik heb je al eerder betrapt met deze rommel. Ik heb je aangeboden extra lessen te geven als je je verveelt op school, maar jij en Peter wilden er niets van horen.'
'Ik moest van u naar het gymnasium.'
'Omdat ze dat gemakkelijk kan.' Gils praat nu weer tegen Harteveld. 'Maar Peter heeft er blijkbaar belang bij dat ze op deze school blijft.'

Vuil secreet!
'Mevrouw Gils, ik wil nu echt alleen met Maaike praten.'
'Dat is goed.' Ze pakt haar tas en haar vestje, maar voor ze opstaat zegt ze nog gauw even:. 'Je beschermt de verkeerde, lieve kind. Je zou voor Brenda moeten opkomen. En je weet zelf het beste waarom.'

Nadat Gils is vertrokken, heeft ze Harteveld precies verteld hoe het bij de Plas was gegaan. Van de journalist, van haar aanvaring met Brenda, van de melige bui van Myrthe en Kim. Van hun mail naar Peter, want die hadden ze ook al ontdekt. En van mevrouw Gils die er lievelingetjes op nahoudt en kinderen als Milan met Duits laat stikken.
De directeur luisterde goed en leek haar wel te geloven. Af en toe knikte hij.
'Oké,' zei hij aan het eind. 'Maar ik vraag me nog steeds af hoe jij zo zeker kunt zeggen dat Peter niets heeft gedaan.'
Even wilde ze hem vertellen over Esther, maar ze bedacht zich.
'Dat voel ik,' zei ze daarom maar. En dat was niet gelogen: ze voelt het echt.
'Maar ik voel dat Brenda werkelijk de dingen heeft meegemaakt die ze vertelt. En daar heeft ze het erg moeilijk mee.'
Het gekke was dat ze Brenda toen meteen voor zich zag zoals ze een week geleden stond bij de voordeur, haar armen beschermend voor haar borst gekruist.
'Maaike?' Harteveld keek haar onderzoekend aan.
'Peter heeft het niet gedaan.' Ze keek Harteveld recht aan. Daarop knikte hij en vroeg niets meer.

Het tweede uur moesten Myrthe en Kim bij de directeur komen. Ze kregen op hun kop omdat ze grappen hadden gemaakt over Peter en Brenda.
Ze staan met z'n drieën bij het fietsenrek; het derde en vierde uur vallen uit dus de rest van de dag zijn ze vrij.
'Heb jij soms gezegd dat wij alleen met hem hebben gepraat?' Myrthe is een beetje pissig.
'Nee, ik heb gewoon verteld hoe het was gegaan.'

'Ook dat jij erbij was?' Kim vertrouwt het niet.
'Natuurlijk.'
'Waarom kreeg jij dan niet op je kop?'
'Geen idee.' Ze ziet nog steeds ongeloof op hun gezichten.
'Echt niet!'
'Ik wil er niets meer mee te maken hebben,' zegt Kim. 'Je krijgt er alleen maar gezeik mee.'
'En Peter dan?'
'Hij moet het zelf maar uitzoeken,' zegt Myrthe. 'Als hij niets heeft gedaan, komen ze daar heus wel achter.'
'Geloof je hem niet meer?' Ze praat opeens zo anders over hem.
'Jawel…' Myrthe twijfelt overduidelijk. 'Maar we kunnen er toch niets aan doen.'
'En als hij terugschrijft?'
'Dat doet hij niet. Harteveld zegt dat hij geen contact met ons mag hebben.'
'Waarom niet? Tegen mij heeft hij dat niet gezegd.'
'Tegen jou heeft hij zoveel niet gezegd.' Kim kijkt naar Myrthe. 'Zullen we gaan?'
'We hebben afgesproken met een paar anderen.' Myrthe kijkt haar niet aan. 'Ik zie je morgen wel.' Ze fietsen weg.
Afgesproken met een paar anderen… dat kan niet eens. Ze weten net pas dat ze de laatste drie uur vrij zijn.

'Ik ben vergeten houtskool mee te nemen. Wil jij nog even gaan?'
Het klinkt als een vraag maar het is een bevel. Gatver, ze heeft geen zin om naar de winkel te gaan.
'Doe niet zo flauw.'
Zie je wel, het moet. Ze weet nu al wat mam verder gaat zeggen.
'Of wil je niet barbecuen?'
Precies, dat is wat ze bedoelt. 'Waarom heb je er zelf niet aan gedacht? Jij vergeet altijd wat.' Dat is echt zo; altijd moet er nog wat gehaald worden.
'Is het nou zo erg om even dat stukje te fietsen?'
Ja, zó erg is dat. Maar goed, ze gaat al. 'Geef maar geld.'

‘Tjonge jonge, wat zijn we gezellig.’
Nee, ze is niet gezellig. Poepchagrijnig is ze, en dat wil ze ook lekker zijn. Ze grist het tientje uit haar moeders hand, ze rukt haar fiets uit de schuur, ze knalt de deur achter zich dicht, ze ramt de poort open.
‘Nou nou nou…’
Ja, nou nou nou! Op de fiets is het wel even lekker, je voelt tenminste een beetje wind. Ze is vanmiddag niet naar de Plas gegaan; geen zin om al die anderen tegen te komen. Zelfs op Milan kan ze niet meer rekenen.
De meeste mensen komen alweer terug van het water, de terrasjes op het plein lopen vol. Ze passeert De Pomp. Ze wil niet kijken wie er zitten, maar ze doet het toch. Het eerste wat ze ziet is de fiets van Milan. Zit hij weer bij Brenda! Vorige week durfde hij nog geen stap alleen te zetten, en nu zit hij heel mans iedere dag in de Pomp. En haar belt hij niet terwijl hij weet dat iedereen haar laat zakken! Eigenlijk is het te idioot voor woorden. Dat zal ze hem eens even gaan zeggen.
Ze smijt haar fiets tegen de muur en loopt zonder hem op slot te zetten naar binnen. Haar ogen moeten even wennen aan het donker maar hebben niet veel tijd nodig om te zien dat Milan niet alleen bij Brenda zit: Joep is er ook. Verdomme! De tranen schieten haar in de ogen, zo teleurgesteld is ze.
‘Zit je hier weer?’
Milan is verbaasd. ‘Ja?’
‘Kon je niet even bellen om te vragen of ik misschien mee wilde naar de Plas?’
‘Ik ben niet naar de Plas geweest. Ik had tot vier uur school.’
Shit, dat wist ze niet. Maar hij had naar haar toe kunnen komen. Dat doet ze ook bij hem.
‘Je zou nog langs komen met een armbandje voor Joëlla.’ Dat had hij beloofd. Niet vandaag, maar dat kan haar niet schelen.
Brenda kijkt smalend haar kant op. ‘Je lijkt wel jaloers.’
Jaloers omdat Milan hier zit? Waar haalt ze het vandaan!
Joep stoot Brenda met zijn voet aan. ‘Niet mee bemoeien,’ zegt hij.
Mark komt binnen met de lege glazen van het terras.

'Nog een jus Milan?' vraagt hij. Hij schenkt er meteen maar één in.
Nu weet ze opeens waarom ze zo kwaad is.
'Heb je al aan Mark gevraagd hoe hij aan jouw mobieltje komt?'
Milan schrikt. Hij begint te wiebelen op zijn kruk.
'Nee zeker! Je zit hier wel leuk te doen maar je zegt niets!'
Brenda wil zich er weer mee bemoeien maar houdt zich net op tijd in. Ze kijkt verliefd naar Joep.
Mark zet de jus voor Milan neer. 'Welk mobieltje?'
'Het mobieltje dat ze bij de Plas van hem hebben gejat. Dat weet je best.'
Nu is Mark verbaasd. 'Zeg hé, ik weet van niets. Komt daar met een stel beschuldigingen... Ga ergens anders ruzie maken.'
O nee, ze gaat nu niet weg. Ze zal laten zien dat ze gelijk heeft. Stom dat ze haar mobieltje thuis heeft gelaten, maar die van Milan hangt gelukkig aan zijn riem. Ze grist het eraf.
'Wat doe je?'
Dat zul je wel zien. 06 54 93... Ze kent het nummer nog uit haar hoofd.
'Geef hier.' Milan wil zijn toestel terugpakken, maar hij is niet snel genoeg. De gsm van Mark gaat al over.
'Niet doen!' Milan krijgt het benauwd.
'Neem dan op! Dat is de jouwe.' Zo, ontken het nu nog maar eens.
Mark neemt op. 'Ja?'
'Hallo, dat ben ik dus!'
Mark verbreekt het contact. Hij denkt na.
'Zeg dan wat Milan, hij kent de jongens die jou hebben aangerand bij de Plas.'
Ja Joep, zo zei je dat: aangerand. Waarom zeg je nu niets?
'Welke jongens?' Mark kijkt haar aan. Hij lijkt het echt niet te weten.
'Dat moet je aan Milan vragen, hij weet hoe ze eruit zien.'
Milan schudt zijn hoofd.
'Het is waar dat ik dit ding van iemand heb gekregen die een nieuwe kocht. Maar dat is niet iemand... Sorry, ik begrijp dit echt niet.'

'Van wie heb je hem dan? Dan kunnen we vragen hoe hij eraan komt.'
Dat is toch een goed idee? Ze kijkt naar Joep; hun blikken kruisen elkaar. Hij draait zijn ogen meteen weer weg. Waarom doet hij dat, waarom helpt hij haar niet? Ze moeten die jongens toch vinden?
Mark schudt zijn hoofd. 'Ik vraag het zelf wel.' Hij geeft het toestel aan Milan. 'Hier, je mag het terug hebben.'
'Hoeft niet,' zegt Milan, 'ik heb al een nieuwe.' Hij neemt een slok van zijn jus.
'Wil jij ook wat drinken?' Mark kijkt haar aan.
Nee dank je, ze wil niets. Ze mogen allemaal doodvallen.

Anders vindt ze barbecue altijd zo lekker. Vooral de spiesjes en de gepofte aardappels met kruidenboter. Maar vandaag smaakt het haar niet.
'Wat jammer.' Haar moeder haalt Joëlla's handje uit de kom met saus en likt het schoon. 'Voel je je niet lekker?'
'Wel.' Ze wil weg. 'Ik ga even naar Myrthe.' Niet dat ze dat van plan is. Ze heeft een ander idee.
'Doe dat maar,' zegt haar vader.
'Nee, dat doet ze niet. Wij moeten straks naar de verjaardag van Toos.'
Gatver, dat is waar ook: ze zou oppassen.
'Maar ik ben zo terug.'
'Je ziet Myrthe morgen wel weer. Ik wil dat je helpt met opruimen.'
Wat heeft ze toch een hekel aan dat gezeik.
'Moeten we per se naar die verjaardag?' vraagt haar vader. 'Zo dol ben je niet op Toos.'
Precies, ze kunnen beter thuis blijven, dan kan zij weg.
'We kunnen het niet maken om niet te gaan.'
'Ze is ook niet op jouw verjaardag geweest. Daar was je zelfs blij om.'
'Toos is gehandicapt!' Mam windt zich op. 'Ik ga er gewoon naar toe. En als jij geen zin hebt, blijf je maar thuis.'
Dat zou voor het eerst zijn.
'Maar kinderachtig vind ik het wel. Dat arme mens heeft nie-

mand!' Ze geeft Joëlla een tik op haar vingers omdat ze haar hand weer in de saus dreigt onder te dompelen. Joëlla begint te huilen.
'Dat heb je er nou van,' moppert ze.
'Oké.' Pap geeft natuurlijk weer toe. 'Ga jij maar Maaike. Ik help je moeder wel met opruimen.'
'Ik vind het grote onzin.' Ook dat is niet nieuw: mam vindt het vaak onzin wat ze doet.
'Schiet nou maar op.' Pap duwt haar zachtjes in haar rug. 'En zorg dat je op tijd terug bent.'
'Acht uur,' zegt mam.
Acht uur. Mooi, dan heeft ze nog een uur. Dat is lang genoeg.

8

Ze is nog nooit op de Kolk geweest, ze weet alleen in welke wijk het ligt.
'De Kolk… de Kolk…' De vrouw aan wie ze het vraagt, weet het ook niet. 'De straten lijken hier allemaal zo op elkaar,' zegt ze peinzend. 'Het is in ieder geval die kant op. Daar moet je het nog maar eens vragen.'
Ze fietst een eind in de richting die de vrouw wees en vraagt het nu aan een man die net uit zijn auto stapt.
'De Kolk? Dan zit je hier verkeerd. Je moet veel meer die kant op. Het is vlak bij de vijver. Vraag daar maar weer.'
Maar bij de vijver zeggen ze dat het toch in de buurt van de man met de auto moet zijn. Pas na een half uur zoeken, heeft ze het gevonden. Op nummer 33 moet ze zijn. Ze is een beetje zenuwachtig als ze aanbelt.
'Dag.' De vrouw die open doet, houdt de deur op een kier. Je ziet alleen haar gezicht. Ze fronst haar wenkbrauwen.
'Is meneer Brandt thuis?' Ze durft geen Peter te zeggen tegen die vrouw. Zou hij daarmee getrouwd zijn? Ze lijkt haar niet zo aardig.
'Peter!' De vrouw gooit de deur bijna voor haar neus dicht en laat haar staan.
Binnen klinkt gemompel; even later staat Peter voor haar neus.
'Maaike, wat aardig.' Hij zwaait de deur wijd voor haar open.
'Kom verder.' Hij gaat haar voor naar de kamer. De vrouw is nergens meer te bekennen.
'Nog bedankt voor jullie brief. Het is fijn om te merken dat niet iedereen je op de brandstapel wil hebben.'
'Heb je de krant gelezen?' Ze had zich voorgenomen om dat eerst te vragen.
'Wat dacht je?'
Er is iets veranderd in zijn gezicht; hij lijkt niet meer zo jong als eerst. Het is net of zijn ogen hangen.

'Die vriendinnen waren wij.' Ze gaat hem alles vertellen. 'Maar we wisten niet dat die jongen voor de krant werkte. We waren gewoon een beetje melig.'
'Zoiets vermoedde ik al.'
'En wat hij schreef over die ruzie met Brenda, dat was ook met mij. Ze heeft tegen me gezegd dat ze niets met je had gedaan.'
'Echt? Zei ze dat echt?' De zon breekt door op Peters gezicht.
Ze knikt. Ze is blij dat ze naar hem toe is gegaan. Ze moet alleen wel op de tijd letten.
Peter springt op en loopt naar de deur.
'Hoor je dat Tessa?' roept hij.
Tessa komt net binnenzetten. Zonder iets te zeggen pakt ze de autosleutels en haar tas.
'Brenda heeft toegegeven dat ze de boel bij elkaar heeft verzonnen.'
Nou ja, zo heeft ze ook weer niet gezegd.
Tessa reageert niet bijster enthousiast. 'Fijn,' zegt ze alleen. 'Ik ben niet voor twaalven thuis. Dag.'
Die groet was niet voor haar bedoeld, ze heeft haar zelfs niet aangekeken. En Peter trouwens ook niet.
'Tessa heeft het er moeilijk mee,' legt hij uit als ze de deur uit is. 'Het is voor ons allebei een zware tijd.'
Dat begrijpt ze best. Daarom wil ze ook graag helpen.
'Ik heb meneer Harteveld verteld van Brenda.'
'Vandaag? Wat zei hij?' Peter speelt nerveus met de kurk die op tafel ligt.
'Hij was heel aardig.' Maar of hij haar geloofde?
'Wat zei hij dan?'
Nu moet ze eerlijk zijn. 'Dat Brenda het niet allemaal kan hebben verzonnen. En dat ze het moeilijk heeft.'
Een schaduw glijdt weer over Peters gezicht.
'Dat is ook zo, Brenda heeft het moeilijk. Daarom ben ik met haar gaan praten. Net zoals ik met jou en met de andere leerlingen praat. Dat is tenslotte mijn taak als mentor. Ze was erg verdrietig.'
'Wat heeft ze dan?'

'Dat weet ik niet precies en daar zou ik ook niet met je over mogen praten.'
'Maar waarom zegt ze zulke dingen over jou?'
Peter geeft niet meteen antwoord. Hij knapt de kurk in tweeën. Zorgvuldig kiest hij zijn woorden.
'Brenda is een meisje dat, hoe zal ik het zeggen... Ze is bang dat je haar aanraakt, maar als je het niet doet, denkt ze dat je haar niet aardig vindt. Snap je wat ik bedoel?'
Niet echt. Heeft hij haar dan aangeraakt? Ze zou het wel willen vragen, maar ze durft het niet. Straks denkt hij dat ze hem niet vertrouwt. Daarom knikt ze maar.
'Ik heb mijn arm om haar heen geslagen om haar te troosten,' zegt hij uit zichzelf al. 'Dat had ik misschien niet moeten doen.'
'Dat doe je toch altijd als je iemand troost?'
'Niet bij een meisje als Brenda. Maar dat zie ik nu pas.'
Het blijft even stil. De kurk ligt al in tweeëndertig stukjes.
'Hoewel, ik wist het eigenlijk al,' zegt hij meer tegen zichzelf dan tegen haar. 'Maar ze kwam zelf tegen me aan zitten. Dan vraag je er toch om?'
Hij veegt de stukjes netjes op een hoopje. Ze kijkt naar zijn lange vingers, de kort geknipte nagels, de dikke aderen die zo blauw doorschijnen. Ze kent die handen goed, ze kijkt er altijd naar als hij met haar praat. Hij schenkt zichzelf nog een glas wijn in.
'Ik vergeet je helemaal wat aan te bieden. Wat wil jij?'
'Niets.' Hoe laat is het? Shit, half negen! Ze staat meteen op. 'Ik had al een half uur thuis moeten zijn.'
'Weten je ouders dat je hier bent?'
'Nee. En ik heb ook m'n mobieltje niet bij me.' Die is ze weer eens vergeten.
Peter houdt de deur voor haar open.
'Je hoeft van mij niet te liegen,' zegt hij, 'maar als niemand vraagt naar dit bezoekje, zeg er dan maar niets over. Ik heb beloofd even geen contact te hebben met leerlingen.'

'Waar zat je?' is het eerste wat haar moeder roept als ze de tuin komt inscheuren. Ze hebben natuurlijk naar Myrthe gebeld.

‘Bij Kim,’ gokt ze. Ze wil Peter niet in de problemen brengen.
Haar moeder haalt haar naar binnen en doet de deur dicht. Ze is behoorlijk kwaad.
‘Laat mij maar Biet,’ zegt haar vader. Hij kijkt haar ernstig aan. ‘Lieverd, als jij wilt dat we je kunnen vertrouwen, moet je wel de waarheid vertellen. Waar was je?’
‘Niet bij Kim, Myrthe of Milan!’ zegt haar moeder. Dom, want nu weet ze meteen wie ze allemaal hebben gebeld.
‘Bij Esther,’ zegt ze. Daar had ze eerder aan moeten denken. Die kennen ze niet.
‘Wie is Esther?’
‘De overbuurvrouw van Milan. ‘
Mam gelooft er geen snars van. ‘Waarom zeg je dan eerst Kim?’ vraagt ze pinnig.
‘Omdat jullie Esther toch stom vinden.’
‘Wie is Esther dan?’ Pap praat tenminste normaal.
‘Die vrouw die zei dat Milan bij het water was. Die astroloog.’
‘Wat moest je daar?’
‘Ze zou een keer in mijn horoscoop kijken.’
Haar vader schudt zijn hoofd. Zie je wel, hij vindt het stom. Maar voor de smoes komt dat goed uit.
‘We hebben het er nog wel over,’ zegt hij. ‘Ik hoop dat ze je niet met al te veel flauwe kul heeft opgezadeld.’
‘Astrologie is geen flauwe kul,’ zegt mam. Haar boosheid is al gezakt. ‘We hadden alleen afgesproken dat je om acht uur thuis zou zijn.’ Ze duwt haar vader naar de deur. ‘Opschieten anders hoeven we helemaal niet meer te gaan. Dag lieverd.’
De deur slaat dicht. Gehaast loopt ze naar de auto, stapt in en start de motor. Haar vader zet geen stap te snel; zijn ogen speuren zoals gewoonlijk naar uitgebloeide bloemen die hij in het voorbijgaan gauw even weghaalt. Zodra hij zich bukt, drukt haar moeder keihard op de claxon. Haar vader vliegt overeind en haast zich nu naar de auto. Nog voor hij is ingestapt, begint haar moeder al te rijden. Je ziet haar grinniken. Maaike schiet in de lach. Ze heeft toch wel een leuke moeder.

Milan haalt ze vandaag niet op. Waarschijnlijk is hij toch al weg want ze is expres laat vertrokken. Genegeerd worden op het schoolplein is namelijk niet leuk. Was het maar vast vakantie; ze heeft zin om ver weg te zijn. Helaas gaan ze dit jaar niet zo ver; mam vindt Spanje te lang rijden voor de kleintjes. Vooral voor Sammetje. Eigenlijk zou hij deze week naar een ander pleeggezin gaan, maar ze hebben afgebeld. Wel een beetje jammer, want alleen met Joëlla zou Spanje geen probleem zijn. En daar is juist zo'n leuke camping met allemaal kinderen die ze kent.
'Hé, waarom ben je doorgereden?' Milan haalt haar in.
'Ik dacht dat je al naar Brenda was.' Lekker hatelijk die opmerking.
Milans gezicht verstrakt. 'Je zegt altijd dat ik ook eens een keer alleen wat moet doen, en nu ik het doe, word je kwaad.'
'Ik ben niet kwaad. Ik vind het alleen stom dat je steeds bij Brenda zit terwijl zij alleen maar naar Joep kijkt.' Dat kan ze niet uitstaan.
'Dat moet ik zelf weten.'
'Natuurlijk moet je dat zelf weten. Maar ik mag het stom vinden. En ook dat je haar gelooft. En dat je mij laat zakken.'
'Ik laat je niet zakken.'
'Wel. Je verdedigt alleen Brenda maar.'
'Omdat jij rare dingen tegen haar zegt.'
'Zie je wel? Nu doe je het weer. Ik zeg rare dingen en zij is heilig.' Ze is zijn geslijm spuugzat. 'Waarom vraag je niet of zij je komt afhalen?'
Milan zegt niets. Hij kijkt stuurs voor zich uit.
'Als je haar zoveel leuker vindt dan mij?' Ze kan niet stoppen, ze wil hem raken.
Milan reageert nog steeds niet.
'Heb je al met haar gezoend? Of kijk je hoe ze het met Joep doet?'
Dit is vals! Nu is ze te ver gegaan. Ze heeft meteen spijt.
'Oké, blijf dan maar weg in het vervolg.' Hij spurt weg en is in een mum van tijd verdwenen. Nu is ze hem ook kwijt, door haar eigen stomme schuld. Maar hij heeft haar wel laten zakken, dat vindt ze echt.

Langzaam fietst ze door. Het kan haar niet schelen als ze te laat komt. Het liefst ging ze helemaal van school. Of misschien naar een andere. Dat is een idee: in de proefwerkweek zal ze zorgen dat ze allemaal tienen haalt, dan kan ze mooi naar het gymnasium.

In de klas dwaalt haar blik steeds naar Brenda. Ze zit er bepaald niet zielig of verdrietig bij. Na de ruzie in het laatste uur met de geschiedenisleraar neemt ze zelfs de leiding.
'Wie vindt het nog meer belachelijk dat we verplicht op excursie moeten in de proefwerkweek?' roept ze door de klas.
De meesten steken hun hand omhoog. Myrthe en Kim ook. Zij niet, ze vindt het juist leuk om naar het museum te gaan.
'Vijftien, zestien, zeventien...' telt Brenda. 'Meeste stemmen gelden. Chantal en ik gaan wel naar Harteveld.'
Waar zou ze het zo moeilijk mee hebben? Ze draagt altijd nieuwe kleren, haar ouders hebben de Pomp, ze mag alles want ze rookt en drinkt en gaat ieder weekend uit, ze heeft best veel vriendinnen en Joep vindt haar nu ook leuk.
De klas stroomt leeg. Myrthe en Kim rennen de deur uit. Ze gaan vast niet naar de Plas want daar is het te laat voor. Wat zouden ze dan gaan doen? Als ze bij het fietsenrek komt, zijn hun fietsen al weg. Ze bindt haar tas achterop. Na het eten zal ze wel even bij Milan langsgaan; van dat zoenen had ze niet mogen zeggen. Tussen de anderen door fietst ze naar de straat.
'Zo lekker ding.' Een paar jongens komen vanaf de overkant op haar aflopen. 'Waar ga jij naartoe?'
Wie zijn dat? Ze kent ze niet. Ze doet net of ze niets hoort en wil doorrijden. Maar dat lukt niet. Eén van de jongens houdt haar stuur vast. Hij bekijkt haar van top tot teen.
'Er zit nog niet veel aan,' spot hij.
'Nouhou...' Een andere jongen knijpt in haar bil. 'Ze heeft wel een lekker kontje.'
Ze geeft de jongen direct een trap. Rot op zeg!
'Ho ho ho, niet zo fel. We gaan een spelletje doen: Truth or dare. Jij zegt wat je gisteren bij die mooie meneer op de Kolk deed of je moet je shirtje uittrekken. Wat kies je?' Ze wordt

nu echt bang. Wat willen ze van haar? Hoe weten ze dat ze bij Peter is geweest?
'Je bedenktijd is om. Wat wordt het: waarheid of durven?' Ze zijn met z'n drieën; grote slungels van zeker een jaar of achttien. Ze moet terug, de school in. Niemand helpt haar, iedereen fietst gewoon voorbij. Ze probeert achteruit het schoolplein weer op te lopen, maar ook dat lukt niet. De langste met een kale kop begint aan haar hemdje te trekken. Ze slaat en trapt naar hem.
'Laat los, klootzak!' Ze is bijna in tranen. Waarom doen ze dit? Waarom gaat iedereen gauw weg? Gelukkig, daar is Milan.
'Milan, haal Harteveld!' Milan reageert niet. Hoort hij haar nou niet? 'Milan!'
Hij moet haar gezien hebben, maar hij fietst weg. Via de andere uitgang, achter de school langs. Ze kan het bijna niet geloven! Wat gebeurt er toch allemaal?
'Was dat je vriendje? Wat toevallig.' De anderen lachen. De kleinere met de piercing door zijn wenkbrauw rukt haar tas van haar fiets en maakt hem open. Ze is nu echt in tranen.
'Hé, kappen!' Joep komt rustig aangelopen, op de voet gevolgd door Brenda. 'Geef die tas terug.'
'Joepie,' groet de kale kop. Hij gaat hem tegemoet. 'Waar bleef je nou man? We staan al uren op je te wachten.'
'Eerst die tas terug,' zegt Joep tegen de piercing. Hij kent ze! De piercing gooit de geopende tas naar hem toe. De halve inhoud rolt eruit.
'Sorry hoor,' lacht hij.
Ze raapt gauw haar boeken op. Haar mobieltje is ook gevallen; ze kijkt straks wel of hij het nog doet. Joep geeft haar de tas aan terwijl hij naar de kale kop kijkt.
'Gaan jullie maar vast, ik kom zo wel. Ik moet eerst langs huis.'
Zijn dat zijn vrienden? Die klootzakken? Gatverdamme, dan wil ze nooit meer met hem te maken hebben.
'Vijf uur dan?' roept de kale kop. Ze stappen in de Cabrio die voor de school staat geparkeerd.
'Vijf uur is goed,' roept Joep terug.

De auto rijdt weg. Nog steeds huilend bindt ze haar tas achterop. Ze trilt over haar hele lijf.
'Gaat het?' vraagt Joep.
Het gaat fantastisch, nou goed? Wat een eikel!
'Kom je nou?' Brenda staat ongeduldig op hem te wachten.
'Wacht even!' Joep klinkt geërgerd. Hij blijft bij haar staan. 'Moet ik iets voor je doen?'
Ze schudt haar hoofd. Nee hoor, ga maar naar Brenda toe. En naar je stomme vrienden. Ze gaat toch naar een andere school. Dan heeft ze met niemand hier nog wat te maken. Alleen met Peter, dat is de enige die nog een beetje aardig is. En voor de rest mag die hele rotschool van haar afbranden.

Ze kan niet stoppen met huilen. Haar hoofd en haar gezicht doen er pijn van.
'Wat is er dan gebeurd?' Mam legt een washand met ijsklontjes op haar voorhoofd. Ze is echt lief, maar het is onmogelijk om alles aan haar te vertellen. Anders gaat ze nog meer op haar letten. Ze moet zelf bedenken hoe ze dit oplost. Misschien kan ze met Harteveld gaan praten. Of met Esther. Of met Peter. Maar bij hem durft ze eigenlijk niet goed meer langs te gaan. Die jongens houden haar blijkbaar in de gaten. Maar waarom? Wat hebben zij er mee te maken? Mam zit stil naast haar. Joëlla voelt aan het washandje. Ze wil bij haar op de ligstoel kruipen.
'Ik ook.'
'Nee lieverd, Maaike laten we even met rust,' zegt mam. 'Kom maar, dan gaan we weer in het badje spelen.'
Gelukkig, ze vraagt niet verder. De ijsklontjes zijn lekker; ze verdoven de pijn in haar gezicht. Het is moeilijk om goed na te denken. Alles spookt tegelijk door haar hoofd. Hoe kent Joep die jongens? Probeert hij Peter soms te betrappen? Hij is voor Brenda, dus dat kan best. Of heeft het met Mark te maken? Met het mobieltje van Milan? Zijn het soms dezelfde jongens die hem hebben aangerand? Maar die kennen Peter toch niet? En Mark zei dat de jongen van wie hij het mobieltje had gekregen, nooit zoiets zou doen. Dat loog hij niet, dat kon je zien. Ze komt er niet uit, haar hoofd bonst zo.

En ze moet steeds weer huilen. Nu begrijpt ze pas echt hoe erg het was voor Milan. Nog veel erger dan voor haar want zij kreeg op tijd hulp, hij niet. Maar dat hij gewoon wegreed, haar ijskoud liet stikken, dat blijft een rotstreek. Hij had Harteveld kunnen waarschuwen, dat zou zij ook hebben gedaan. Maar hij is zo laf, zo ongelooflijk bang. Alles laat hij zich afpakken. Nou dat is zij niet van plan. Opeens weet ze het; ze gaat iets doen wat Milan niet deed. En wat mam onverstandig vindt. Maar wat ze toch wil omdat het niet anders kan: ze gaat de jongens aangeven. Op het bureau in de Dorpsstraat. Als ze denken dat ze haar zomaar kunnen aanranden, dan vergissen ze zich. Truth or dare, niets ervan, truth ánd dare. De waarheid én durven, daar gaat het om. De tranenstroom stopt; ze voelt zich weer sterk.

Pap schrikt van het verhaal. Ze heeft alleen verteld dat ze is overvallen door een paar jongens die haar geld en haar telefoontje probeerden te pakken. Haar telefoon is ook echt beschadigd, dat kon ze laten zien. En dat ze gered is door iemand die langs kwam.
'Stelletje criminelen,' scheldt pap. 'Van mij mogen ze zulke jongens tot hun eenentwintigste in opvoedingskampen stoppen. We gaan naar de politie.'
'Zou je dat nou wel doen?' Haar moeder is bang. 'Je maakt het er misschien alleen maar erger mee.'
'Als iedereen zo redeneert, kunnen die schoften ongestoord hun gang blijven gaan.' Dat is precies wat zij vorige keer tegen Milan zei. 'Kom Maaike, laten we het meteen maar doen.'
Nee, ze wil alleen. Met pap erbij kan ze niet alles zeggen. En dat moet wel. Truth and dare; dat zinnetje zingt steeds door haar hoofd.
'Ik heb hoofdpijn. Ik ga morgen wel,' zegt ze.
'Maar dan kan ik niet. We draaien morgen twee markten.' Pap kijkt mam aan. 'Kun jij met haar mee?'
'Dat hoeft niet, ik kan makkelijk alleen.' Mam moet ze er helemaal niet bij hebben.
'Niks ervan, dit kun je niet alleen. Eén van ons tweeën gaat mee.'

'Ik kan wel,' zegt mam.
Dat is een probleem. Maar ze zit nu te vol om erover na te denken. Ze wil alleen zijn.
'Ik ga naar bed.'
'Doe dat maar, lieverd.' Mam geeft haar een zoen. 'Ik kom straks nog wel even bij je kijken.'
Pap geeft haar ook een zoen. 'Het zit je de laatste tijd niet mee,' zegt hij. 'We moeten maar eens iets leuks voor je bedenken.' Pap zegt altijd dingen waar ze van moet huilen. Hij houdt haar stil in zijn armen. 'Het komt wel goed,' fluistert hij. 'Ik ben er ook nog.'

Als ze haar tanden staat te poetsen, gaat de telefoon. Pap komt met het toestel naar boven.
'Voor jou.' Hij kijkt om het hoekje van de badkamerdeur. 'Of zal ik zeggen dat je slaapt?'
'Wie is het?' Als het Milan is, hoeft ze hem niet te spreken.
'Een zekere Joep. Ken je die?'
Gister zou ze de telefoon nog uit paps hand hebben gegrist, zo blij zou ze zijn geweest. Nu aarzelt ze.
'Niet?'
Nee, geef maar. Ze is toch wel benieuwd naar wat hij te zeggen heeft.
'Met Maaike.'
'Met Joep,' hoort ze aan de andere kant. 'Ik wou even zeggen dat je voor die jongens niet bang meer hoeft te zijn. Ze blijven voortaan uit je buurt.'
Pap blijft erbij staan, dat is lastig. Nu kan ze niets vragen.
'O,' zegt ze daarom alleen.
'Het was vervelend dat ze bij school stonden.'
'Ja. Heel vervelend.'
'Dat wou ik je zeggen. Je hoeft dus niet bang te zijn om de straat op te gaan.' Waarom zegt hij dat? Willen ze soms kijken waar ze naartoe gaat? Ze durft hem niet meer te vertrouwen.
'Oké.' Van haar zal hij niets horen.
'En dat ik het rot voor je vond.' Weer voelt ze de tranen branden; het klinkt zo lief. Ze zou het zo graag geloven.

'Oké,' zegt ze weer.
'Nou eh... Ik zie je wel weer. Dag.' Joep verbreekt de verbinding.
'Is het goed?' vraagt pap.
Ze knikt, maar het is vreselijk. Ze is nog steeds verliefd.

9

Nog voor het ontbijt staat Milan al op de stoep. Hij heeft een pakje bij zich voor Joëlla.
'Wat lief!' Mam schenkt thee voor hem in. 'Kijk eens Joëlla, wat Milan heeft?'
Joëlla begint stralend aan het papier te trekken. Maaike kijkt alleen maar omdat ze het leuk vindt voor Joëlla, ze doet het niet voor Milan.
'Heb jij die jongens gisteren ook gezien, Milan?'
Milan kijkt schuw haar kant op. Voel je maar schuldig, slome. Je mag mam zelf vertellen over je rol als held. Maar Milan houdt zijn kiezen op elkaar. Hij schudt zijn hoofd. Godsamme, wat een slappe hap! Ze zal hem een handje helpen.
'Nee, hij zag niets. Hij fietste toevallig de andere kant op. Hier Joëlla, zal ik het doen?' Ze scheurt het pakje open. Een schattig armbandje rolt eruit.
'Wat mooi!' Ook dat zegt ze alleen voor Joëlla, niet voor Milan. 'Zullen we het omdoen?'
'Hoe laat ben je uit, Maaike? Dan hou ik daar rekening mee.'
Oei, dat is waar ook: mam wil mee naar het bureau. Dat moet ze niet hebben.
'Om vier uur.' Dan gaat ze eerst zelf.
'Het is donderdag vandaag, hoor,' zegt Milan. 'Dan ben je om twee uur uit.' Spuitelf! Dank je wel. Trek liever je mond open als je wat gevraagd wordt.
'Ik moet nog aan m'n werkstuk in het computerlokaal werken.'
'Dat kan morgen wel. Kom om twee uur maar lekker naar huis. Dan gaan we meteen daarna gezellig de stad in.'
Daar kan ze niet tegen protesteren, dat zou te veel opvallen. Waar bemoeit dat snotjoch zich ook mee!
'Oké.' Ze bedenkt nog wel wat. 'Ik moet gaan.' Zonder op Milan te letten pakt ze haar tas en loopt naar de schuur.

'Dag jongens. En nog bedankt Milan; je ziet zeker wel hoe blij ze is.'
Wat zijn we blij ja. Als hij maar niet denkt dat het nu opeens goed is.

'Ben je kwaad?' vraagt Milan als ze op de fiets zitten.
'Kwaad?' Ze ontploft bijna. 'Wat denk je? Nooit fiets je achterom en nu opeens, o o wat toevallig, net nu die jongens me bijna stonden uit te kleden, ga jij die kant op! Nou, je wordt bedankt!' Ze is verdomme bijna weer in tranen. Maar daar heeft ze geen zin in: ze huilt niet!
'Sorry.'
'Wat sorry? Dat je me iedere keer weer laat stikken? Sorry hoor, maar dan vind ik sorry een beetje te krenterig.'
'Ik schrok. Het waren dezelfde jongens als in het zwembad.'
Ze komt bijna niet meer bij van verontwaardiging. 'En dan ren jij weg! Terwijl je weet wat voor klootzakken het zijn. Waarom haalde je Harteveld niet? Ik riep het nog!' Haar stem breekt. Niet huilen, niet huilen.
'Ik weet het niet. Ik was bang.'
Ze kan maar beter niets meer zeggen. Bang! Wat een niks-smoes. Het zijn dus dezelfde jongens, wat ze al dacht. Ze weet het goed gemaakt.
'Ik ga nu naar het bureau. Ga mee, dan geven we ze allebei aan.' Dan maakt hij het nog een beetje goed.
'Nu?' Milan schrikt. 'Ik heb het eerste uur proefwerk Duits.'
'En het tweede uur?' Ze weet het antwoord al, maar hij mag het zelf zeggen.
'Ik weet niet. Ze doen toch niets.'
Dit! Dit bedoelt ze. Ze wil niet langer naast hem fietsen; ze zet er de vaart in. Maar Milan achtervolgt haar.
'Ze zijn gevaarlijk,' waarschuwt hij. 'Als je ze aangeeft, komen ze weer.'
'Als je ze niet aangeeft ook. En omdat niemand je helpt als ze je pakken...'
'Ik zeg toch dat het me spijt.' Milan is bijna in tranen.
Ze kan geen medelijden hebben, ze voelt zich zo godsgruwelijk verraden!

Milan moet hier rechtdoor en zij rechtsaf.
'Wacht nou toch even. Ik moet wat zeggen.'
Iets in zijn stem doet haar remmen. 'Wat dan?'
'Je moet niet gaan.' Ze staat meteen weer op haar trappers. Dit verhaal kent ze al. 'Nee nee, wacht. Ze zijn echt gevaarlijk. Toen ze mij eh... in het zwembad, toen zeiden ze dat als ik naar de politie zou stappen, ze terug zouden komen om m'n eh... ding eraf te snijden.' Milan durft haar niet aan te kijken. Hij trilt over zijn hele lijf, net als zij gisteren.
Onwillekeurig denkt ze weer aan Joep. Naar hem luisterden ze. Hoe kan dat? Hij is toch geen crimineel?
'Ga maar naar school,' zegt ze. 'Ik doe het wel alleen.' Het blijft laf, maar ze begrijpt het wel; zij is ook bang.

Op het bureau kijken ze haar vreemd aan.
'Wat zoek je?' vraagt een agent.
'Ik wil iets aangeven.'
Of ze even kan wachten; er komt zo iemand om het op te nemen. Ze kijkt om zich heen: wat een akelig hok. Zelfs met dit mooie weer is het er somber en kil. Vreselijk als je vader hier moet werken. Dan kun je beter nootjes verkopen.
Een vrouw gaat achter de computer zitten.
'Waar gaat het over?' vraagt ze.
Ze begint te vertellen. De vrouw wil alles precies weten. Hoe laat het was, waar het was, hoe die jongens er uitzagen, wat ze deden, wat ze zeiden. Ze vertelt dat ze haar op de Kolk hebben gezien en ook dat ze Milan te pakken hadden genomen.
'Heeft hij dat aangegeven?' vraagt ze.
'Dat durft hij niet.'
De vrouw heeft daar wel begrip voor. 'Het is ook moeilijk,' zegt ze. 'Wat jij doet is ronduit moedig. Ik wil je een paar foto's laten zien.' Ze draait het beeldscherm haar kant op. 'Zeg maar of je iemand herkent.'
Ze opent het document. Het een na het andere vreemde gezicht verschijnt. Totdat opeens de kale kop in beeld komt.
'Die was erbij,' zegt ze meteen.
'Mooi. Dan ken je deze twee vast ook.' Ze laat de piercing en nog een jongen zien. Die laatste herkent ze niet.

'Je weet zeker dat ze met z'n drieën waren?' De vrouw draait het proces verbaal uit.
Ja, dat heeft ze net verteld.
'Zat er niemand in de auto? Meestal zijn ze met z'n vieren op stap.'
Weer moet ze aan Joep denken. Is hij er normaal bij? Dat kan toch niet?
'Of met z'n vijven. Er schijnt tegenwoordig een nieuwe bij te zitten, die kennen we nog niet.'
Truth and dare, galmt het door haar hoofd. Ze had zich voorgenomen om alles te vertellen. Maar van Joep... Hij kende ze wel, maar hij verdedigde haar. En hij belde ook nog. Ze kan hem niet aangeven.
De vrouw legt het formulier voor haar neer. 'Je mag hier tekenen,' wijst ze.
'Aldus naar waarheid ingevuld', leest ze boven het witte vakje. Drie jongens, dat is de waarheid. Even aarzelt ze nog en dan tekent ze.

Frans een 10, Engels een 10, geschiedenis een 9.8, biologie een 9.5. Op school gaat het goed, daar mankeert niets aan. Het is alweer een week geleden dat ze op het bureau is geweest. Sindsdien heeft ze niets meer gehoord. Mam vond het wel raar dat ze alleen was gegaan, maar ze pikte haar smoes. Ze zijn 's middags toch nog de stad in gegaan. Ze heeft een broek gekregen, nieuwe gympen, twee hemdjes terwijl ze er al vijf had, en een heel mooi jurkje.
'Voor het eindfeest,' zei mam. Ze deed zo haar best om haar blij te maken. En dat was ze ook wel: het jurkje staat leuk. Ze weet alleen niet wanneer ze het aan moet trekken, want ze gaat niet naar het eindfeest. Wat moet ze daar? Ze hoort bij niemand meer. En naar de camping in Spanje gaan ze ook al niet, dus tja...
Maar met het cadeau van pap was ze echt blij. Hij deed al geheimzinnig toen hij thuis kwam.
'Eerst eten,' lachte hij. En ze mocht niet naar de auto. Pas toen ze de afwasmachine had ingeruimd, nam hij haar mee. Ze moest even helpen dragen, zei hij. Had hij een computer

gekocht met een kleurenprinter en twee geluidsboxjes voor de cd-speler die er in zit. Ze wist niet wat ze zag!
'Zo, jij kunt weer lachen,' glunderde hij. Maar ze moest er juist van huilen, zo stom! Het leek wel of ze jarig was. Het weekend heeft iemand hem geïnstalleerd en nu draait ze al horoscopen uit. Ze heeft naar haar toekomst gekeken, maar daar klopte niets van. Ze zou allemaal nieuwe vrienden krijgen en heel populair moeten zijn. Nou, daar is weinig van te merken. Ze moet maar weer eens naar Esther. En naar Peter. Die is ook maar alleen.

Aan de gesloten gordijnen ziet ze al dat het mis is. Toch belt ze aan. Voor de zoveelste keer kijkt ze achterom of ze door niemand wordt gevolgd. Maar de Kolk is uitgestorven; alle mensen zijn aan het werk of zitten aan het water. Dat is wel zonde: iedereen is naar de Plas behalve zij. En nu is Peter ook al weg. Ze is al bij haar fiets als de deur toch open gaat.
'Maaike.' Peter staat in de deuropening. Hij heeft alleen een korte broek aan en ziet er nog beroerder uit dan vorige week. Ze schrikt er eerlijk gezegd een beetje van.
'Ik dacht dat er niemand thuis was,' zegt ze om maar iets te zeggen.
'Jawel… Kom maar.' Peter laat de deur openstaan en loopt zelf vast naar binnen. Met een akelig gevoel gaat ze achter hem aan. Binnen slaat een zurige muffe lucht haar tegemoet, het is er een puinhoop! De tafel ligt vol met oude kranten, vuile borden, vieze kopjes, en glazen waar de fruitvliegjes omheen dansen.
'Sorry, het is een beetje een troep hier.' Peter strijkt met zijn hand over zijn ongeschoren gezicht. 'We gaan wel in de tuin zitten. Er is toch geen hond.'
Hij gooit de deur open. Meteen glipt er een poes de kamer in. Hevig miauwend en met haar staart recht in de lucht, loopt ze naar de keuken.
'Dat beest moet eten. Ook dat nog.' Peter rommelt in de kastjes. 'Je zult even moeten wachten, poes. Het is op.' Weer wrijft hij over zijn gezicht. Wat ziet hij eruit! Zo moe, zo… wat is het… een beetje als een zwerver.

'Miauw,' dringt de poes aan. Ze kijkt hoopvol omhoog.
'Het kan ook eigenlijk niet,' zucht Peter. 'Dat beest heeft honger. Ik moet eerst even naar de winkel.'
'Zal ik gaan?' Ze wil hier wel weg. 'Dan kun jij...' Je aankleden, wilde ze zeggen, maar misschien is hij wel aangekleed.
'Als je dat zou willen doen? Dan ruim ik die bende hier een beetje op.'
Hij vist een briefje van tien onder een krant vandaan en geeft het aan haar. 'Bedankt,' zegt hij. 'Je bent een schat.'

De buurtwinkel is dichterbij, maar ze fietst liever naar de super in het centrum. Als de poes niet zo'n honger had, was ze misschien helemaal niet meer teruggegaan. Vorige keer was het ook niet verschrikkelijk gezellig, maar toen zag het er tenminste nog normaal uit. Nu is het echt zo'n huis van iemand alleen. Dat is het! Die vrouw, Tessa is weg! Zou hij daarom... Ze krijgt opeens haast. Zij zal hem wel helpen. Gelukkig heeft ze haar pinpas bij zich, dan kan ze ook wat lekkers meenemen. Waar zou hij van houden? IJs, ze neemt ijs mee. En een zak chips, dat vindt ze zelf ook lekker.
Op de terugweg vergeet ze op achtervolgers te letten. Ze hoeft waarschijnlijk ook niet bang te zijn, want er is nog steeds geen kip op straat. Alleen schuin tegenover Peter staat een jongen zijn auto met de tuinslang schoon te spuiten. Als ze langs komt, richt hij plagend de straal op haar. Ze vindt het niet erg; het is juist lekker koel.
Gelukkig zijn de gordijnen open als ze aankomt. Dat ziet er meteen wat vriendelijker uit. Ook de kamer is enigszins gefatsoeneerd.
'Hoeveel krijgt de poes?' Ze heeft het blikje al opengetrokken.
'Geef maar wat.' Peter verzamelt de lege flessen.
'Een heel blikje?' Ze heeft geen idee; zij hebben thuis geen dieren.
'Nee zeg, het is geen tijger. De helft is meer dan genoeg.'
De poes valt direct aan.
'Waar moet ik de rest laten?'
'Hier.' Peter reikt langs haar heen naar het rekje met de folie.

Ze staat eigenlijk in de weg. Zijn blote lijf komt tegen haar aan, ze ruikt zijn nog ongewassen huid. 'Kijk, als je dat zo doet...' Hij sluit het blikje af met de folie en zet het in de ijskast.
'Dat wilde ik je vragen: Ik verdwijn een paar dagen uit deze ellende, maar die kat moet natuurlijk verzorgd worden. Zou jij dat willen doen?'
Zie je wel, Tessa is weg. 'Natuurlijk. Wanneer ga je?'
'Zondag. Ik geef je de sleutel vast.'
'En wanneer kom je terug?'
'Woensdag over een week, denk ik. Ik laat het je wel weten. Vind je het echt niet erg?'
Echt niet. Ze doet het graag.

Ze is niet de enige die weet dat Tessa weg is. Op school heeft iedereen het erover dat ze is opgestapt omdat Peter met leerlingen heeft gerommeld. Meer meisjes zijn naar Harteveld gegaan omdat ze opeens iets over hem te vertellen hadden. En daarna hebben ze met dezelfde rechercheur gepraat als Brenda. 'Het onderzoek is nog volop aan de gang,' stond er in de laatste nieuwsbrief, 'en zolang dat niet is afgerond, blijft meneer Boekel de lessen van Peter Brandt waarnemen.' Meer hoort ze er niet over, want iedereen lijkt in haar een handlanger van Peter te zien.
'Ze gaat tegenwoordig elke dag bij hem op bezoek,' zei Chantal expres keihard tegen Didier toen ze in de buurt van hun groepje stond.
'Dan is het wel handig dat zijn vrouw weg is,' lachte Bart er overheen. Bart is zo macho geworden sinds dat met Brenda. Vroeger vond ze hem nog wel aardig, maar nu...
Didier zei niets. Ze kon ook niet zien hoe hij keek want ze stond met haar rug naar hem toe. Daarom deed ze maar net of ze niets had gehoord. Wat moest ze anders? Zeggen dat ze alleen maar iedere dag gaat omdat ze voor zijn kat zorgt? Dan zeggen zij weer: O, nu zorgt ze al voor zijn kat. Ze snapt trouwens niet hoe ze dat allemaal weten. Er woont zeker iemand bij Peter in de buurt die haar langs ziet fietsen. Ze zal eens opletten.

De bel gaat. Nog een uur gym en een uur scheikunde en dan zit het er weer op. Ze gaat als eerste naar binnen. Op de gang loopt ze Harteveld tegen het lijf.
'Ha, dat komt mooi uit. Jou moest ik net hebben,' zegt hij. 'Ik wil even met je babbelen.'
Ze volgt hem naar zijn kantoortje. Hij zal wel over het bezoek aan Peter beginnen.
'Ga zitten, ga zitten,' zegt hij. 'Ik neem een kopje koffie. Wil jij ook iets drinken?'
Ze lust wel een glaasje fris. Een beetje tijdrekken kan geen kwaad, dan hoeft ze lekker niet naar gym.
'Heb je de laatste nieuwsbrief gelezen?' begint Harteveld als hij achter zijn koffie zit.
Ze knikt.
'Ik heb even overwogen om erin te zetten dat het geroddel over bepaalde leerlingen, en daar bedoel ik jou mee, moet stoppen omdat je daar mensen ongelukkig mee maakt.'
Ze zegt niets.
'Maar ik heb het niet gedaan omdat ik bang was dat ik het er alleen maar erger mee maakte.'
Zeg het maar, ze weet al waar hij naartoe wil.
'De enige die het kan stoppen, dat ben jij.'
Door zeker niet naar Peter te gaan.
'Je bezoekjes aan Peter...'
Ergens onder in haar buik begint het te koken. 'Van wie heeft u gehoord dat ik naar Peter ben geweest?'
'Het gonst.'
'Maar van wie?'
'Doet dat er iets toe?'
'Ja, want dat is een roddelaar. Dus als ik zelf iets moet doen, wil ik wel weten wie dat is. Dan kan ik tenminste wat terugzeggen.'
'Ik weet niet of dat de juiste methode is. Lijkt het je niet verstandiger...'
'Nee! Ik laat Peter niet in de steek! Iedereen laat hem al in de steek. Hij heeft niemand meer!!' Razend is ze. 'En mevrouw Gils is net zo'n roddelaar. En u helpt hem ook niet. Niemand helpt hem. Niemand, niemand, niemand!!!' Het kan haar al-

lemaal niets meer schelen. Ook niet dat ze weer zit te janken.
'U zegt dat er niets zeker is, maar u doet wel of hij het heeft gedaan!'
'Waarom denk je dat?'
'Omdat hij niet meer op school mag komen en Brenda wel! Omdat u zegt dat Brenda het moeilijk heeft en hij niet.' Zo, zeg daar maar eens wat op.
'Ik ben verantwoordelijk voor de hele school. En als het waar is wat Brenda...'
'Waarom gaat Brenda dan niet zolang naar een andere school? Dan zijn ze er allebei niet. Dat is tenminste eerlijk!'
'Nu draaf je een beetje door. Brenda heeft het al moeilijk genoeg.'
Zie je nou wel! Zie je nou wel!!
'En voor Peter is het ook een onmogelijke situatie om in les te geven.'
'Niet als hij gewoon op school was geweest. Nu heeft iedereen een griezel van hem gemaakt.'
'Lieve kind, met alle respect, maar jij bent te jong om dit te kunnen overzien. Ik heb ook te maken met de ouders. Maar vertel eens van die jongens. Ik hoorde dat je was lastig gevallen en dat je naar de politie bent gegaan?'
Ze wil niet praten over de jongens. Ze wil nergens meer over praten. Als ze toch te jong is...
'Wat waren dat voor jongens?'
Vraag maar aan de politie; zij zegt niets meer.
'Wat wilden ze van je?'
Een ijsje, nou goed?
'Maaike, ik probeer er ook uit te komen, net als jij. Wat hadden ze te maken met Peter?'
Als ze dat wist, had ze het wel verteld. Maar ze weet het niet.
'Is er soms iemand met wie je ruzie hebt? Of die een hekel aan je heeft?'
'Mevrouw Gils.' Ga daar maar eens op letten in plaats van op Peter.
'Een van de leerlingen, bedoel ik.' Harteveld blijft geduldig.
'Brenda.'
'Brenda kent ze niet.'

Nee, die jongens kenden Brenda niet, dat klopt. Joep kennen ze. Nu wordt het gevaarlijk. Heeft Brenda dat niet van Joep verteld? Zij wil zijn naam niet noemen. Waarom eigenlijk niet? Truth and dare; niet alleen durven, ook de waarheid. Maar Joep redde haar juist.
'Ze hebben een paar weken geleden Milan ook gepakt. Daar moesten Brenda en Chantal erg om lachen.'
'Nogmaals: Brenda kent ze niet.'
'Ik ook niet.' Ze wil weg.
'Het zijn geen lekkere jongens, Maaike. Als ik je een advies mag gegeven, bemoei je dan nergens meer mee tot deze zaak achter de rug is. Want ik maak me echt zorgen.'
Ja ja ja.
'Geloof je me?'
Natuurlijk gelooft ze hem; hij wil nog steeds dat ze uit Peters buurt blijft. Maar dat doet ze niet.

'Kom maar poes.' De poes kent haar al. Spinnend springt ze op het aanrecht. Ze is vandaag laat met voeren. Vanmiddag moest ze eerst naar de bibliotheek om het blauwe boek te laten verlengen, daarna had ze mam beloofd om de kinderen mee te nemen naar de kinderboerderij zodat zij rustig naar de kapper kon, en toen gingen ze alweer eten. Pap was er nog niet, hij staat vandaag op de braderie in de Dorpsstraat; dan wordt het altijd laat. Ze verschoont het waterbakje nog en dan is het klaar. Op de terugweg houdt ze goed in de gaten wie er voor het raam staat te gluren. Ze ziet niemand. Zodra ze thuis is, rent ze naar boven om aan haar spreekbeurt te werken. Negen uur, dat kan nog best. Lekker dat ze de computer heeft. Ze is zo blij met dat ding!
'Maaike, kom eens even.' Halverwege de trap wordt ze teruggeroepen. Pap klinkt niet of hij weer een cadeau heeft gekocht. Ze draait zich om.
'Wat is er?'
'Kom maar mee, dan zal ik het je laten zien.'
Ze lopen naar buiten. Pap stapt in de auto, hij zegt niets. Dat is een teken dat het goed mis is. Maar wat?
'Waar gaan we naartoe?'

'Dat zie je zo.'
Ze rijden naar het industrieterrein; daar hebben ze een grote loods voor de auto's, de kramen en de voorraad. Pap doet de deur open en knipt het licht aan. Zonder een woord loopt hij naar de grote wagen waarmee hij vandaag op de braderie stond.
'Kijk,' zegt hij. Hij wijst naar de zijkant. 'LET OP JE DOCHTER', staat er in grote letters opgespoten. Zomaar, midden op het rode vlak. Wat erg!
'Gaat het er nog af?'
Pap geeft geen antwoord. 'Wat weet ik niet wat ik wel hoor te weten?' vraagt hij alleen.
Niets, wil ze meteen zeggen, maar dat kan niet meer. Waarheid en durven: ze moet hem in vertrouwen nemen.
'Die jongens zijn tegen Peter. Ze vroegen wat ik bij hem deed.'
'Over welke Peter hebben we het?'
'Peter Brandt, de leraar van school.'
Pap schrikt. 'Wat moet je bij die man?'
Weer legt ze het uit, nu wat rustiger dan bij meneer Harteveld. Dat Brenda zich heeft versproken, dat ze Peter wil helpen, dat iedereen daarom roddelt over haar, dat het niet onderweg maar bij school gebeurde, dat iedereen gewoon voorbij fietste en dat alleen Joep hielp toen die jongens aan haar hemdje begonnen te trekken. Ze slikt haar tranen weg; ze heeft al genoeg gehuild.
'Die jongen die 's avonds belde?'
Ze knikt.
'Dus hij is de enige op school die nog een beetje aardig voor je is?' Pap streelt haar hand.
'Daarom wil ik naar het gymnasium.' Over Joep wil ze verder niet praten.
'Zover zijn we nog niet. We zitten nu met een kat die eten moet hebben. Wie kan dat doen?'
Wat bedoelt hij nou? Zíj zorgt voor de poes. 'Ik geef de poes te eten.'
'Nee, daar stop je mee. Meneer Hartveld heeft gelijk: het wordt te gevaarlijk. Dit verhaal moet eerst uit de wereld zijn.'

'Maar dan heeft Peter helemaal niemand meer.'
'Dat is zijn probleem. Jij moet nu aan jezelf denken.'
'Ik denk aan mezelf.' Ze trekt haar hand terug. 'Die jongens zijn niet de baas over mij. Jij zegt altijd dat je moet doen wat je hebt beloofd, dus ik zorg voor de poes.' Ze zal morgen wel tegen Joep zeggen dat de jongens weer bezig zijn.
'Het maakt die poes niet uit van wie hij te eten krijgt.'
'Mij wel. Anders ben ik net als de rest. '
Pap zwijgt. Wippend op een kratje staart hij lange tijd nadenkend naar de grond. Ze zit er een beetje voor nop bij dus ze staat op om te zien of die letters van de wagen af gaan. Ze krast er met haar nagel overheen, maar het lukt niet. Het is van die harde glanzende autolak. Gelukkig hebben ze niet over hun naam heen gespoten.
'Dan ga ik met je mee,' zegt pap opeens. 'Ze moeten zien dat ik achter je sta. Kom, we gaan dit geintje aangeven.' Hij staat op en doet het licht uit.
Slikken helpt nu niet meer. Maar dat is niet erg.

10

Ze gaan met de bus waarop luid en duidelijk staat: Joop Almekinders, uw specialist in noten en zuidvruchten.
'Die kat moest eens weten wat een koninklijke behandeling ze eigenlijk krijgt. Elke dag rijdt er speciaal een taxi voor haar heen en weer.'
Het is gelukkig maar voor een paar dagen. Tenminste, als Peter echt woensdag terugkomt. Mam loopt er iedere dag over te zeuren.
'Het is de kat op het spek binden. Op deze manier daag je ze alleen maar uit.'
'We binden niks het spek op, we voeren die kat alleen maar,' zei pap. 'Maaike heeft gelijk: we laten ons niet intimideren door een stelletje rotjochies.'
Toch is het voor hem ook fijn als het niet meer hoeft; zeker in deze tijd van de rommelmarkten heeft hij het erg druk.
Eergisteren is ze meteen op Joep afgestapt. Hij zat op het muurtje met Wendy te praten.
'Zeg maar tegen je vrienden dat mijn vader niet bang is voor ze. Ik moet zelf weten of ik voor de poes van Peter zorg, zegt hij. Al spuiten ze de hele wagen vol.'
'Welke wagen?' Joep was oprecht verbaasd.
'Onze kraam. Daar hebben ze op de braderie met blauwe verf op geschreven: Let op je dochter.'
'Jouw vrienden?' Wendy keek Joep ongelovig aan.
'Het zijn mijn vrienden niet,' zei Joep gauw. 'En ik kan me ook niet voorstellen dat ze dat hebben gedaan.'
'De politie anders wel.' Toen ze het met pap ging aangeven, hoefden ze er niet lang over na te denken. Ze zeiden alleen dat het lastig was om het te bewijzen. Pap werd toch kwaad! Hij riep: 'Dan ga je verdomme maar op zoek naar die spuitbus.'
'Wat zijn het dan voor jongens?' vroeg Wendy.

‘Die ken ik toevallig.’ Joep hield het vaag. ‘Ik zal wel eens vragen.’
‘Belachelijk zeg!’ viel Wendy uit. ‘Ze wordt gewoon bedreigd.’
‘Ik vraag het,’ beloofde Joep weer. Hij werd een beetje zenuwachtig.
Wendy keek naar haar. ‘Ik hoop dat ze worden gepakt. Het is schofterig zoals iedereen tegen je doet. Je hebt groot gelijk dat je je niet laat dwingen. Wat zijn dat voor rare vrienden?’ vroeg ze daarna weer an Joep.
Joep wilde er duidelijk niet over praten. ‘Ik bel je wel,’ zei hij.
Toen is ze weggegaan. Jammer dat Wendy twee klassen hoger zit; met haar zou ze wel vriendin willen zijn.

‘Zondag kan wat mij betreft. Dan laat ik Kees en Tineke die twee markten wel draaien,’ zegt haar vader.
Mam wil het weekend een dagje met de kinderen naar het strand.
‘Ga jij ook mee?’ had ze aan Maaike gevraagd. Eerst had ze nee gezegd, voor haar hoeft het strand met pap en mam niet meer zo; ze zit liever met haar vriendinnen aan de Plas. Alleen heeft ze nu geen vriendinnen meer, dus gaat ze toch maar mee.
‘Hoe wou je dat doen?’ Mam vindt het plan van pap blijkbaar niet goed. ‘Tineke kan niet met de aanhanger overweg.’
‘Dat is geen punt. We rijden er met twee wagens heen; ik neem de bus met de aanhanger, zij pakt mijn auto, en daar kom ik dan weer mee terug.’
‘Maar om vijf uur moet ze alweer opbreken.’
‘Ik vraag wel of ze nog twee uurtjes op een terrasje wil gaan zitten. Dan zet ze de wagen zolang maar op de grote parkeerplaats. Dat redt ze wel.’

Dus zondag gingen ze naar het strand: pap, mam, zij, Joëlla en Sammetje. Mam vroeg nog of ze Milan zouden meenemen, maar daar had zij geen behoefte aan. Ze wilde even nergens wat mee te maken hebben.

Het was poepdruk op het strand maar wel erg lekker. Er was nog een jongen die steeds expres langs liep.
'Je hebt sjans,' zei pap.
Dat zag ze zelf ook wel maar ze wist niet hoe ze moest beginnen. En die jongen ook niet, pap en mam zaten te veel in de weg. Niet dat het erg was, ze zou hem toch nooit meer zien.
Om vijf uur aten ze een patatje op de boulevard en toen gingen ze naar huis.
'Lekker allemaal in bad,' zei mam nog.
Pap ging meteen door naar Tineke. Hij was een beetje te laat want ze hadden in de file gezeten.
Toen ze binnenkwamen, hadden ze het niet eens meteen door; alleen het kleedje in de gang lag schuin, dat was haar wel opgevallen. Maar daarna, toen ze de kamer inliepen...
'Nee!' haar moeder gaf een gil.
Ze rende er op af en toen zag zij het ook: alles, maar dan ook alles was overhoop gehaald. De administratie lag op de grond, de kasten waren opengetrokken, het mooie klokje was kapot gegooid, de video was weg en paps fototoestel... Boven waren ze ook geweest: niet in de slaapkamer van pap en mam en in die van de kleintjes, alleen in de hare. De plek waar haar nieuwe computer stond, was leeg. Natuurlijk was dat niet het allerergste, maar zij vindt het wel verschrikkelijk.
'Nergens aankomen,' zei mam. Ze huilde van woede. 'Ik heb het gezegd, verdomme, ik heb het nog gezegd!'
Ze zei maar niets; ze voelde zich al schuldig genoeg. Daarom is ze de kleintjes in bad gaan doen. Haar moeder belde natuurlijk meteen naar haar vader en naar de politie. Eerst zeiden ze dat ze moest wachten tot morgen omdat ze niet genoeg mensen hadden om vingerafdrukken te nemen. Maar toen haar moeder hen helemaal verrot schold, beloofden ze toch te komen.

Nu lopen er twee agenten rond met poeder en kwastjes. Het klokje, de steen die achter door het keukenraam is gegooid, de scherven, alles krijgt een dun zilveren poederlaagje. Net oogschaduw lijkt het.

Ze hoort de auto, hij stopt voor de deur. Daar is pap. Gelukkig, met hem erbij lijkt alles minder erg. Ze rent hem tegemoet.
'Ze hebben de video meegenomen en jouw fototoestel...' Ze wil niet meteen over haar computer beginnen, dat staat zo egoïstisch.
Haar vader zegt niets. Hij haast zich naar binnen.
'Zo!' Ook hij schrikt van de ravage. Hij slaat zijn arm om mam heen.
Ze is meteen weer in tranen. 'Ze zijn door de keuken binnengekomen.'
'Hebben de buren niets gehoord?'
'Iedereen was weg met die hitte. Daar kon je natuurlijk op wachten!' Mam is nog steeds kwaad.
'En de kinderen?'
'Die liggen te slapen. Ze waren goddank bekaf.'
'Wat is er nog meer weg?'
'Geld, de videocamera zag ik net-'
'Nee, die ligt in de auto.'
'O ja, natuurlijk... Voornamelijk geld dan, en de video en jouw camera. Voor de rest weet ik het nog niet.'
'Mijn computer.' Zou mam die overslaan omdat ze vindt dat het haar eigen schuld is?
'Jouw computer ja. Dat is nog het ergste.' Nee dus: zo slecht denkt mam niet, zo slecht denkt zij alleen. Ze voelt zich zo mogelijk nog schuldiger.

Zolang de jongens niet zijn opgepakt, durft mam niet op vakantie. De kans dat België nu ook al niet doorgaat, is daardoor erg groot. Want de volgende dag belde de politie al op dat de vingerafdrukken niet van de jongens waren. Ze moest weer op het bureau komen, samen met pap. Opnieuw bekeek ze tientallen foto's van mogelijke daders. En weer herkende ze alleen de kale en de piercing. Daarna moest ze zo precies als ze kon omschrijven hoe die derde jongen eruitzag.
'We moeten te weten komen wie dat is. Hij kan een belangrijke schakel zijn.'

De waarheid: ze kon er niet meer onderuit. Joep kende de jongens, hij zou kunnen helpen. Maar dan moest ze hem verraden.
'Ik weet misschien wel iemand die die jongen kent,' begon ze voorzichtig.
'Dat is geweldig! Wie is dat?'
Ze kreeg zijn naam nog niet over haar lippen. 'Een jongen van school.'
'Hoe heet hij?' De agente hing al met haar vingers boven het toetsenbord.
Ze had meteen spijt: nu moest ze het zeggen. Wat zou er met hem gebeuren? Zouden ze zijn foto ook in de computer stoppen?
'Hij kent ze alleen maar, hoor.'
'Dat begrijpen we, maar we zullen zijn naam moeten hebben om hem te kunnen benaderen.'
'Zeg dan,' drong pap aan.
En toen deed ze het. 'Joep,' zei ze. 'Joep Donkersloot.'
'De jongen die jou heeft geholpen?' Pap begreep er niets meer van.
'Het zijn niet zijn vrienden. Hij kende ze alleen ergens van.'
'Waarom heb je dat niet meteen gezegd?'
Ja, waarom niet? Omdat ze hem toch vertrouwt, omdat hij aardig is, omdat ze niet wil dat hij problemen krijgt. Maar dat zei ze niet; ze haalde alleen haar schouders op.
'Het is belangrijk dat je alles zegt wat je weet,' zei die andere agent toen. 'Voor jullie eigen veiligheid. Zijn er nog meer dingen die je ons niet hebt verteld?'
'We begrijpen best dat je dat eng vindt,' dat was die ene achter de computer weer, 'maar doe het alsjeblieft. Het is echt tuig. We hebben mensen als jij nodig, mensen die dapper genoeg zijn om hun mond open te doen. Dat is de enige manier om ze te kunnen pakken.'
'Ja Maaike? Weet je nog meer namen?' Pap legde zijn hand in haar nek, alsof hij haar een extra zetje wilde geven. Maar de enige naam die ze wist, had ze al genoemd. En daar was ze niet trots op.

‘Het kan natuurlijk ook toeval zijn,’ zegt pap. ‘En dat die zaken niets met elkaar te maken hebben. Het gebeurt wel vaker dat je een paar keer achter elkaar door dezelfde ellende wordt getroffen.’
‘Hou jij jezelf maar lekker voor de gek,’ zegt mam pinnig. ‘Maar ik ga niet weg.’

Het is woensdagmorgen. Ze moet om negen uur op het SVB-veld zijn want vandaag hebben ze sportdag. Ze heeft er totaal geen zin in. Ze vouwt de krant open om de vervolgstrip van Lucky Luke te lezen maar haar oog valt op de kop op pagina 3: ‘VAN ONTUCHT BESCHULDIGDE LERAAR MOET VOOR RECHTER VERSCHIJNEN’. Ze leest meteen verder: ‘De rechter heeft de 36-jarige P.B. van het Prins Clauscollege…’ Wacht even, wat staat er nou? De 36-jarige? Dat klopt niet, Peter is achtendertig. Hij wordt volgend jaar op 7 maart negenendertig. Dat zei hij. Of niet? Zou ze het verkeerd hebben verstaan? Negenendertig, ze heeft steeds negenendertig in haar hoofd gehad. Het beeld van de ronkende vrachtauto doemt op. Zevenendertig of negenendertig, het klinkt bijna hetzelfde. Een bijna misselijk gevoel verspreidt zich in haar lijf. Ze moet naar Esther. Zij zei dat hij niet het type was dat dit soort dingen zou doen; daarom was ze er zo zeker van. Maar als hij zesendertig is…
‘Ik ga. Tot vanmiddag.’ Ze pakt haar sporttas en rent naar de schuur. Misschien valt het allemaal wel mee, misschien heeft ze zich niet vergist. Of is deze horoscoop ook goed. Als ze nou maar thuis is. En tijd heeft. Ze fietst of haar leven ervan afhangt. De auto staat voor, dat is alvast een opluchting. Ze scheurt het tuinpad op en rijdt Esther, die net de deur uitgaat, bijna ondersteboven.
‘Mens, ik schrik me dood. Wat een haast.’
‘Je moet kijken naar Peter.’ Ze is buiten adem.
‘Welke Peter? Doe eens rustig.’
Maar ze kan niet rustig doen. Er gaan opeens zoveel dingen door haar hoofd: Tessa die zo kwaad was, Peter die zei dat Brenda erom vroeg. Brenda die tegen haar riep dat ze niets wist, helemaal niets. Harteveld die ervan overtuigd is dat ze

het nooit verzonnen kan hebben. En die andere meisjes die met de rechercheur hebben gepraat, dat is natuurlijk ook niet voor niets. Peter moet nu voor de rechter komen. Ze ruikt opeens zijn blote lijf weer waarmee hij tegen haar aan stond. Hoe komt ze erbij om zo zeker te zijn van Peter?
'Mijn wiskundeleraar, hij is zesendertig, niet achtendertig.'
'En?'
'Ze hebben bij ons ingebroken omdat ik zijn poes eten geef. Ik wil weten of hij het heeft gedaan.'
Esther aarzelt. 'Ik sta op het punt om weg te gaan.'
'Alsjeblieft.'
'Oké. Kom maar binnen.' Ze doet de deur open, gooit haar tas op de bank en loopt naar de computer. Ondertussen informeert ze naar de inbraak. Het is vervelend om daarover te moeten praten als je eigenlijk alleen maar een antwoord op je vraag wilt hebben.
'Ik denk dat het interessanter is om te weten wie er heeft ingebroken dan om te zien hoe Peter in elkaar zit. Of denk jij van niet?' Nee, Peter is belangrijker. Ze heeft Joep ervoor verraden, ze is Myrthe erdoor kwijtgeraakt, en Brenda heeft ze misschien vals beschuldigd. Ze ziet weer haar stille gezicht voor zich bij de deur. Maar ze zei dat ze niets met Peter had gedaan. 'Nee, Peter met haar,' kletst Gils in haar kop. Zou het dan echt waar zijn?
'Eerst kijken naar Peter.'
'Wat denk je zelf? Heeft hij aan dat meisje gezeten? '
Dat vroeg ze de vorige keer ook. Toen had ze nog een antwoord, nu niet meer.
De computer is opgestart. Esther roept Peters gegevens op en verandert het jaartal. De nieuwe tekening komt te voorschijn. Er zitten veel meer rode lijnen in dan in de vorige tekening; dat is geen goed teken. Vooral de maan staat slecht.
'Wat denk je?' Esther moet haar geruststellen.
'Hm,' zegt ze. 'Ik weet het niet.'
Wel! Ze moet het weten!
'Het is anders dan het vorige verhaal, dat kun jij ook zien. Deze horoscoop wijst inderdaad op problemen met vrouwen. Maar dat hoeft niet alles te zeggen.'

Ze zit weer op haar fiets. Aan die sportdag doet ze mooi niet mee. Ze gaat helemaal niet meer naar school. Ze hebben toch nog maar twee dagen les en daarna hoeven ze alleen de boeken nog in te leveren. Ze wil niemand meer zien. Niets is leuk meer. Was het maar vast volgend jaar, dan was dit voorbij. Dan zat ze op het gymnasium, dan had ze misschien alweer nieuwe vriendinnen. Esther zegt wel dat het allemaal goed komt, maar ze gelooft er niets meer van. Die nieuwe vrienden heeft ze ook nog niet en populair is ze al helemaal niet. Toen ze dat zei, wist Esther wel meteen dat ze met het blauwe boek werkte.
'Waarom ben je dan gekomen? Alleen om te horen dat Peter het nooit kan hebben gedaan?'
'Dat had jij gezegd.'
'Ik heb je vooral gezegd dat je in de eerste plaats je eigen gevoel moet vertrouwen, weet je nog?'
Ja, dat wist ze nog. Maar Esther had gezegd...
'En dat het gevaarlijk is om in de toekomst te kijken omdat je de dingen verkeerd kunt uitleggen.'
'Dat doe jij ook. Joep wil niet met mij.' Ze was bijna kwaad omdat Esther haar blij had gemaakt met een dooie mus.
Esther moest lachen. 'Geloof me voor deze keer nou maar,' zei ze. 'Je zult zien dat het heel anders is dan je denkt. En bemoei je even niet met Peter. Je hebt er te veel jouw probleem van gemaakt.'

Dat zal best, maar ze gaat er toch naartoe. Ze wil weten of hij zesendertig is of achtendertig. Als hij zesendertig is, dan… Ja wat dan? Laat ze hem dan stikken omdat Esther zegt dat hij problemen heeft met vrouwen? Hij is gewoon aardig. Automatisch kijkt ze weer achter ieder raam om te zien of iemand staat te gluren. Ze ziet alleen de buurvrouw links van Peter die de plantjes water geeft. Ze zwaait; zij kent haar dus ook al. Gauw gaat ze naar binnen. De poes komt haar niet tegemoet; het is natuurlijk ook nog geen etenstijd. Toch vult ze het bakje vast met brokjes; je weet maar nooit. Daarna loopt ze naar de wc. Daar hangt de verjaardagskalender. Tessa heeft hem waarschijnlijk ingevuld, want het is Peters hand-

schrift niet. Achter de namen staat van iedereen het geboortejaar. Dat was haar de vorige keer toen ze op de wc zat, al opgevallen. Op hun verjaardagskalender staan die niet, maar het is natuurlijk wel handig; zo weet je altijd hoe oud iemand wordt. Ze zitten nu in juni, ze moet terug. Juni, april, februari… Hoe werkt dit stomme ding? Waar hebben ze maart gelaten? Wacht, ze ziet het al, op de achterkant staat…
Wat hoort ze? De trap? Ze blijft doodstil luisteren. Ondertussen lopen haar ogen de jarigen in maart door. Daar heb je hem, bij 7 maart. Ze hoeft niet te rekenen, ze ziet het meteen: Peter is zesendertig.
'Hallo?' De trap kraakt. Peter komt naar beneden. Ze moet net doen of ze op de wc zit! Bliksemsnel trekt ze de deur dicht en doet hem op slot. Normaal doen, houdt ze zichzelf voor.
'Ben jij daar Tessa?'
'Nee ik.' Het komt er een beetje benauwd uit. 'Maaike,' zegt ze er daarom wat steviger achteraan.
'Ha Maaike. Ik wist niet dat jij het was. Moet je niet naar sportdag?'
'Nee.' Ze trekt door, om te doen alsof. Daarna wast ze haar handen, ook om te doen alsof. Nu moet ze naar buiten, normaal doen tegen iemand die problemen heeft met vrouwen.
'Wil je wat drinken? Als er tenminste wat is. Ik heb nog geen boodschappen kunnen doen.'
Ze schuifelt de wc uit. Peter loopt voor haar uit naar de keuken. Hij heeft alleen een handdoek omgeslagen. Ze blijft zo ver mogelijk bij hem vandaan.
'Ik hoorde opeens wat toen ik in bad zat.' Hij kijkt in de koelkast, komt terug met een pak sap, ruikt eraan en trekt een vies gezicht. 'Dit kan ik je niet aandoen.'
'Geeft niet, ik moet toch weg. Ik eh… heb alleen de poes wat brokjes gegeven.'
'Ik had je moeten bellen, maar ik wist niet dat je zo vroeg zou komen. Is het allemaal goed gegaan? Ik heb de kat nog niet gezien.'
'Ja.'
Peter kijkt haar aan. Hij heeft haar door.

'Is er iets?'
'Nee. Ik moet weg.' Ze krijgt de zenuwen.
'Weet je het zeker? Je mag het rustig zeggen als iets je dwars zit.'
'Echt niet.' Hij gelooft haar niet, ze ziet het.
'Ik had iets voor je meegebracht. Het is boven.'
Niet naar boven! 'Ik hoef niet, ik blijf hier wel,' zegt ze gauw.
'Wat is er Maaike? Ben je bang voor mij?'
Nee, ja, nee... ze wil gewoon weg. Ze schudt haar hoofd.
'Ik hoop het.' Zijn ogen staan treurig. 'In ieder geval ben ik blij dat je zo goed voor de poes hebt gezorgd. Waar heb je de sleutel gelegd?'
'Ik weet niet.' Waar heeft ze hem gelaten? Ergens in de keuken waarschijnlijk.
'Als jij hem zoekt, dan haal ik het pakje.' Hij loopt haar kant op, ze doet een stap achteruit om hem niet te dichtbij te laten komen. Ze kan er niets aan doen.
Peter gaat naar boven. Waar is die stomme sleutel? Hij is niet in de keuken, hij ligt ook niet in de kamer... In de wc dan? Daar is hij ook niet. Misschien heeft ze hem weer in de deur laten zitten, net als de laatste keer met pap. Ze doet de voordeur open. Peter komt net naar beneden.
'Wou je weggaan?' Hij staat onderaan de trap. Zijn handdoek heeft hij vervangen door een broek en een T-shirt. In zijn hand houdt hij een pakje. Het is duidelijk een boek.
'Hier, pak het thuis maar uit.' Zonder haar aan te kijken, geeft hij het pakje. Zo verdrietig heeft ze hem nog nooit gezien. Een golf van medelijden slaat door haar heen.
'Ik kan de sleutel niet vinden, daarom keek ik of ik hem in de buitendeur had laten zitten.'
'Het is goed, ga maar.'
Ze blijft staan, ze wil zo niet weggaan. Nu kijkt hij haar wel aan.
'Toe maar Maaike, het is goed. Ik begrijp het wel.'
'De volgende keer zorg ik weer voor de poes.' Ze voelt zich door en door rot.
'Dat is fijn. Dank je wel.' Peter laat haar uit.
'Dag.' Hij doet de deur achter haar dicht.

Ze stapt op haar fiets. De buurvrouw zwaait weer. Ze waait niet terug.

Waar kan ze naartoe? Ze wil niet naar huis, ze gaat niet naar sportdag, bij Esther is ze al geweest... Ze weet het niet meer. Doelloos fietst ze richting de Plas. Niet dat ze van plan is te gaan zwemmen, ze heeft niet eens zwemspullen bij zich. Maar ze wil alleen zijn. Ze neemt het paadje bij het riet en fietst langs de andere kant van het water. Het paadje eindigt bij een roeiboot die aan een ketting ligt te dobberen. Het is er doodstil. Je hoort alleen het gezoem van muggen, het gekwaak van kikkers en in de verte het piewiet-piewiet van een paar vogels. Ze legt haar fiets in het gras, hangt haar tas over haar schouder en stapt voorzichtig in het bootje. De kikkers houden van schrik hun mond. Ze gaat op het middelste bankje zitten, snuift de warme teerlucht op en kijkt naar het water. De golfjes kringelen langzaam weg; de waterjuffers lopen over het gladde oppervlak, een libel glinstert blauw boven een witte waterlelie en de meerkoeten scharrelen geruisloos hun kostje bij elkaar tussen het riet. Ze voelt de zon op haar huid branden, het zachte windje langs haar wangen strijken en het verdriet aan haar hart knagen. Ze gooit haar benen over de rand en laat haar voeten rusten in het frisse water. Waarom is alles zo ingewikkeld? Waarom kan dit er niet alleen zijn: de zon, het bootje en het water? Waar is het boek trouwens? Ze heeft het nog niet eens uitgepakt. Ze vist het uit haar tas en scheurt het papier eraf. 'Het gelukspunt in de horoscoop', leest ze. Peter heeft een astrologieboek voor haar gekocht! Ze slaat het open; hij heeft er ook iets in geschreven: 'Bedankt voor je vertrouwen. Peter Brandt.' De zon steekt, de muggen prikken, haar hart is de weg kwijt. Met kleren en al laat ze zich zachtjes in het water zakken. Niets is meer normaal.

11

De vlammen slaan bijna van haar huid, zo verbrand is ze. Zelfs in haar blootje lijkt het of ze haar hemd aan heeft. Mam smeert haar voorzichtig in.
'Het is wel extreem,' zegt ze. 'Met die hitte zouden ze eigenlijk geen sportdag moeten houden. Is iedereen zo verbrand?'
Ze haalt haar schouders op, dat is het gemakkelijkst.
'Er is vanmiddag nog een zekere Joep voor je langs geweest. Dat is toch die jongen die dat clubje criminelen kent?'
Ze knikt. Joep is langs geweest!
'Wat zei hij?'
'Hij zou het vanavond weer proberen.'
'Komt hij hier?'
'Nee, ik heb gezegd dat hij beter kan bellen.'
Jammer; was ze nou maar wat eerder naar huis gegaan.
Zodra mam is uitgesmeerd, gaat ze naar boven. De bepoederde vingerafdrukken zitten nog steeds op haar bureaustoel. Ze moet ze eindelijk eens weghalen. Mam is er beneden uren mee bezig geweest; dat spul gaat er haast niet af. Alleen met puur afwasmiddel. Ze kijkt in de spiegel: vooral haar neus grijnst haar glanzend rood tegemoet. Dat wordt vervellen deze week. Wat moet ze aantrekken? Alles doet zeer, vooral bij de randen. Ze is ook een beetje rillerig, net of ze koorts heeft. Haar pyjama, die doet ze aan; die zit het lekkerst.
Beneden in de tuin dekt mam de tafel. Joëlla helpt haar, zo te horen.
'Ga Maaike maar roepen,' zegt mam. 'Zeg maar dat we gaan eten.'
Pap is nog niet thuis, hij zit helemaal in Groningen. Ze gaat vast naar beneden.
'Eten!' Joëlla rent haar lachend tegemoet. Ze wil tegen haar opspringen om te worden rondgedraaid.

'Nee Joëlla, nee.' Ze laat gauw haar verbrande armen zien. 'Kijk maar, au, helemaal rood.'
'Ik ook,' zegt Joëlla en wijst op haar armpje. Haar bruine ogen kijken ernstig naar de donkere huid. Met haar zwarte kroeskrulletjes is ze net een pop. Zo lief, ze moet haar even knuffelen. Ze zal tegen mam zeggen dat ze niet naar een ander pleeggezin mag. Ze wil haar niet ook nog kwijtraken.

Ze zijn net aan het toetje als de bel gaat. Mam doet open.
'Kom dan maar even verder,' zegt ze. Ze klinkt niet echt aardig.
O nee, Joep! Dit kan niet: ze is in haar pyjama. Maar het is te laat om naar boven te rennen.
'Maaike, voor jou.'
Joep staat al in de kamer.
'Hoi,' zegt hij.
'Hoi,' zegt ze terug. Wat moet ze nou? Ze schaamt zich niet alleen dood, ze wil ook niet praten met mam erbij. Tot overmaat van ramp begint Sammetje te krijsen.
'Ga maar even naar boven,' zegt mam.
Het is heel raar om in je pyjama met de leukste jongen van school naar je slaapkamer te lopen.
'Ik ben verbrand,' zegt ze. 'Daarom heb ik m'n pyjama aan.'
'Ik zie het,' zegt Joep. 'Ik blijf maar even.'
Daarom zei ze het niet. Ze laat hem in haar kamer. Stom, Snuf ligt open en bloot op haar bed. Snuf is haar knuffel die ze al vanaf haar geboorte heeft. En die oude poezenposter moet ook maar eens weg; veel te kinderachtig.
Joep ziet de zilveren vingerafdrukken op haar stoel. Hij wrijft met zijn vinger over het poeder en kijkt of het afgeeft.
'Dat is nog van de inbraak.' Onwillekeurig kijkt ze naar zijn handen.
'Daar kwam ik voor. Het zijn niet die jongens. Ik heb ze uitgehoord.'
'Dat weet ik. De politie heeft dat al verteld.'
'Maar ze horen ook niet bij het groepje.' Hij weet dus van de club van vijf waar die vrouw op het bureau het over had. 'En

ik wilde je zeggen dat ik Brenda niet geloof. Er klopt daar thuis iets niet.'
'Wat dan?'
'Daar kan ik niet over praten, want ik weet het nog niet zeker.'
Ze kan haar oren niet geloven: eindelijk iemand die het ziet! En dan nog wel Joep!
'Heb je het wel tegen Harteveld verteld?'
'Nee, maar dat ga ik morgen doen. En ik wil met die rechercheur praten. Hoe heet die?'
'Weet ik niet. Ze hebben mij niets gevraagd. Ik ben alleen naar het bureau geweest om die jongens aan te geven.' En jou, maar daar zegt ze niets over. Het was trouwens niet eens echt aangeven, ze heeft alleen zijn naam genoemd. Toch durft ze hem niet goed aan te kijken, ook al omdat ze er zo idioot uitziet.
'Dat heb ik gehoord. Ik bel je wel weer als ik meer weet.' Hij doet de deur open en gaat naar beneden.
'Dag mevrouw,' zegt hij tegen mam. En weg is hij alweer.
Ze kan er niets aan doen, maar ze is toch een beetje teleurgesteld. Hij was niet zoals eerst, toen hij tegen haar zei dat hij het rot vond voor Milan. Hij deed nu afstandelijker.
Haar huid trekt weer. Ze was het even vergeten.

Ze kan niet slapen. Op haar linkerzij doet het pijn, op haar rechterzij doet het pijn, op haar buik lukt niet en op haar rug ligt ze niet lekker. En dan is het ook nog zo heet. Ze luistert naar de geluiden van buiten. Ergens in de verte rijdt een auto weg. Daarna is het weer stil totdat twee katten een korte felle strijd uitvechten. De stilte die nu volgt wordt alleen verbroken door getik van haar wekkertje. Of hoort ze nog wat? Loopt er iemand om het huis? Ze houdt haar adem in; nee, toch niet. Ze kan nu helemaal niet meer slapen. Ze moet steeds maar denken aan die inbrekers. Zouden ze terugkomen? 's Nachts kun je niet ongemerkt een steen door de ruit gooien, dat hoort iedereen. Zijn de ramen beneden wel dicht? Haar raam staat open. Als ze op het dak van de keuken klimmen, kunnen ze zo naar binnen. Eigen-

lijk zou ze het dicht moeten doen, maar ze durft niet zo goed.
'Mam?'
Met kloppend hart wacht ze tot ze de deur op de gang hoort. Er gebeurt niets.
'Mam!' Waar blijft ze nou? 'Mam!!'
'Lieverd, wat is er?' Gelukkig, daar is ze.
'Ik kan niet slapen.'
Mam komt bij haar zitten. 'Zal ik wat water halen?'
Nee, daarmee jaagt ze de inbrekers niet weg. Ze schudt haar hoofd.
'Ik heb het zo warm.'
'Daar kan ik niets aan doen, smoeltje.' Zo noemt mam haar bijna nooit meer. 'Het raam staat al open.'
Ze vindt het kinderachtig om te vragen, maar ze doet het toch.
'Mag ik bij jou in bed?'
'Dan krijg je het nog warmer. Wil je anders even onder een lauwe douche? Daar fris je lekker van op.'
Weer schudt ze haar hoofd. 'Ik ben bang,' bekent ze. 'Ze kunnen zo door mijn raam.'
'De inbrekers? Nee hoor, die komen niet meer. Zeker niet als ze weten dat we thuis zijn.'
Ze is er nog steeds niet gerust op. 'En als ze wel komen?'
'Ze komen niet. Maar áls ze komen, dan bellen we meteen 112 en dan staat er binnen een paar minuten een politieauto voor de deur. Dat weten zij ook en daarom zullen ze het niet doen.'
'Mag ik toch bij jullie in bed?'
'Natuurlijk,' zegt mam. 'Kom maar.'
'Wacht even.' Ze moet nog wat doen. Ze loopt naar het raam en trekt het gauw dicht. Voor de zekerheid.

Vandaag gaat ze toch maar naar school. Van mam mag ze best thuis blijven want ze heeft de hele nacht bijna niet geslapen. Maar ze wil per se; ze is veel te benieuwd of Joep nog wat te vertellen heeft. Het ergste rood op haar gezicht en haar armen is bruin geworden, maar haar neus ziet eruit of hij

ieder moment kan openbarsten. Zelfs de bruine after sun maakt hem er niet mooier op.
Milan wacht haar op bij 't Hoekje.
'Waar was je gisteren?' vraagt hij.
'Weg.'
'Onze klas heeft gewonnen met honkbal.'
'O.' Ze is er niet met haar gedachten bij. Die sportdag kan haar gestolen worden. Ze trapt hard door. Als ze het plein opfietsen, komt Myrthe hen tegemoet.
'Heb je het al gehoord? Joep is in elkaar geslagen.'
'Wanneer?' Milan trekt wit weg.
'Gisteravond, door een stel jongens. Bart schijnt er ook iets mee te maken te hebben.'
'Bart?'
Kim komt erbij staan. 'Bart en Brenda komen voor de vakantie niet meer op school.'
'Van wie weet je dat?'
Myrthe gebaart naar Chantal. Die staat opgewonden te praten met het groepje van Didier. 'Ze zegt dat het jouw schuld is.'
Nou moet het niet gekker worden! Houdt dat stomme kind dan nooit haar bek?
'Hou vast,' zegt ze tegen Milan. Ze duwt hem haar fiets in de handen en stevent op Chantal af. 'Hoezo mijn schuld?' Ze is nergens bang meer voor.
'Ik heb jou niets te zeggen.' Chantal draait haar hoofd weg.
'Als je rond loopt te bazuinen dat het mijn schuld is, dan moet je ook zeggen waarom!'
'Volgens haar heb jij die jongens op Joep z'n dak gestuurd,' zegt Didier.
'Welke jongens? Die kale en die piercing die mij hier kwamen treiteren? En die Milan hebben aangerand?'
'Niet die! Die anderen, dat weet je best.'
Welke anderen? Ze kent geen anderen. Dat mens is gek!
'Waarom zijn Bart en Brenda niet op school?'
'Omdat ze er niet meer tegen kunnen!' schreeuwt Chantal. 'Maar daar snap jij natuurlijk niets van.'
Wendy voegt zich bij het clubje. 'Wat is er gebeurd?'

'Joep schijnt in elkaar te zijn geslagen door een groepje dat Maaike kent.'
'Doe niet zo idioot. Ze hebben Maaike juist bedreigd. En er is ook bij haar thuis ingebroken.'
Hoe weet Wendy dat?
'Bij jou?' Didier kijkt haar aan.
'Ja, bij haar.' Wendy slaat een arm om haar heen. Het doet wel pijn, maar ze vindt het toch fijn. 'En Joep werd ook bedreigd. Nu is het dus echt gebeurd.'
'Hoe kom jij er dan bij dat het Maaikes schuld is?' vraagt Didier aan Chantal.
'Dat zei Bart zelf. Ze heeft steeds lopen stoken omdat ze Peters liefje is.'
Het is dat Wendy haar tegenhoudt, anders zou ze Chantal te lijf gaan.
'Niet op reageren,' zegt Wendy. 'Waar is Joep?' Ze kijkt naar Didier.
'Thuis, heb ik begrepen.' Hij staat er een beetje verslagen bij. Net als de rest.
Wendy pakt haar mobieltje en toetst een nummer in. Ze krijgt gehoor.
'Hoi Joep, kun je nog praten?' Ze luistert aandachtig. Iedereen is doodstil. 'Vrienden van Bart, zie je wel. Dus niet van Maaike.' Ze knikt triomfantelijk naar Chantal. Chantal loopt weg. 'Oké, dat zal ik vragen. Sterkte.' Ze stopt haar mobieltje in haar tas. 'Maaike, Joep vraagt of je komt,' zegt ze.

Zo somber als ze zich gisteren voelde, zo hoopvol is ze vandaag. Joep woont vlak bij de oude watertoren; Wendy heeft precies uitgelegd waar. Alle vragen die een mens maar kan bedenken, schieten door haar hoofd. Waar is Joep gisteren, nadat hij bij haar was geweest, naartoe gegaan? Wat heeft Bart ermee te maken? Wie zijn die jongens? Had Joep nou wat met Brenda? Waarvan kent hij die kale en de piercing? En Milan dan, daar moet ze nu opeens aan denken, hij was er ook steeds bij! Waarom schrok hij zo?
Dit is de straat; nummer 51, 49... Dat hoge huis met die erker is het. Wel mooi. Ze zet haar fiets op slot en belt aan. De

vrouw die opendoet, is vast zijn moeder. Ze heeft dezelfde ogen.
'Jij moet Maaike zijn,' zegt ze. Ze geeft haar een hand. 'Joep ligt in de tuin. Ga maar bij hem kijken.' Bij de open deuren van de serre wijst ze naar de ligstoel onder de grote parasol.
Met bonzend hart loopt ze ernaartoe. Het is allemaal zo onwerkelijk. Daar ligt hij, met een verband om zijn hoofd, een gescheurde lip, één dichtgeslagen oog en een gezwollen gezicht. Haar neus is er niets bij.
Hij lacht haar scheef toe.
'Pak die stoel maar.' Moeizaam wijst hij naar de tuinstoel die voor het theehuisje staat. Ze zet hem naast hem neer en gaat zitten. Alle vragen die net nauwelijks op antwoord konden wachten, lijken nu te zijn verdwenen. Ze kan alleen maar kijken naar dat gehavende gezicht, de mislukte glimlach en dat ene, lieve oog.
'Je hoeft niet bang meer te zijn,' lispelt hij met zijn kapotte lip. 'Ze zijn gepakt.'
'Wie?'
'De jongens die bij jullie...' hij moet even slikken, 'die bij jullie hebben ingebroken.'
Hoe kan dat? Hoe weet hij... Maar ze hoeft geen vragen meer te stellen, Joep vertelt uit zichzelf verder.
'Bart zat erachter. Hij hoort bij een bende die brommers jat en omkat. Hij heeft ze naar jullie toegestuurd. Hij was kwaad omdat jij voor Peter opkwam. Maar Peter heeft niets gedaan. Het was iemand anders.'
Wie dan? Hoe weet hij dat?
Joep wil wat meer rechtop zitten. Met een pijnlijk gezicht probeert hij de leuning van zijn stoel iets naar voren te zetten. Voorzichtig helpt ze hem ermee.
'Mijn ribben zijn gekneusd. Gister toen ik van jou kwam, ben ik naar de Pomp gegaan. Daar wachtten ze me op. Ik had ze al eens eerder gezien, maar ik wist niet dat zij bij Bart hoorden. Ze deden altijd of ze elkaar niet kenden. Toen ik buiten met Brenda een biertje stond te drinken, kwamen ze op me af. Bart had ze verteld dat ik die kale had uitgehoord over die bedreiging op jullie kraam en later de

inbraak bij jullie. Die jongens, die jou en Milan hebben gepakt, horen ook bij Bart; zij jatten de brommers en die anderen katten ze om en verpatsen ze. Ze kennen elkaar alleen niet.'
'Maar dan kende Brenda ze wel!'
'Die jongens die bij school stonden? Nee, die komen daar nooit thuis of in de Pomp. Daar zorgt Bart wel voor. Ze wonen hier ook niet. Maar ik zag hem een keer met ze achter het SVB-veld, op de crossbaan. Daar waren ze aan het rijden. Ik had steeds al het gevoel dat er met Bart iets niet klopte. Altijd vaag die jongen. Nooit vrienden, nooit thuis, wat ik me ook wel kan voorstellen want Brenda wordt verschrikkelijk voorgetrokken. Vooral door haar vader. Dat denkt hij tenminste, maar...' Joep zwijgt even. Hij is met zijn gedachten ergens anders. 'Waar was ik... O ja... Maar als hij een keer thuis was, werd hij wel de godganse dag gebeld; altijd van die halve, onduidelijke telefoontjes. En dan werd hij meteen heel macho. Dus toen ik ze daar zag, ben ik naar hem toegelopen. Hij vond het wel leuk, hij vertrouwde me op de een of andere vreemde manier.'
Natuurlijk vertrouwde hij Joep; wie niet?
'Ik mocht meedoen. Zo leerde ik die jongens kennen en kreeg ik door dat ze rotzooiden met brommers. Want wat zij daar aan rag reden, was echt niet oud. En ze hadden iedere keer weer andere brommers; dat zag ik want ik ben een paar keer geweest. Ook die dag toen ze op school waren gekomen. Dat was een misser van Bart: hij had ze niet op je moeten afsturen, want nu wist ik meteen dat hij er achter zat.'
In een flits schiet het beeld aan haar voorbij: Bart was ook bij de Plas toen ze Milan zocht.
'Mark had Milans mobieltje dus van hem!'
'Ja, maar ik kon niets zeggen. Ze moesten me blijven vertrouwen.'
Het verdriet van die middag in de Pomp komt weer boven. 'Maar waarom heb je me dat later dan niet gezegd?' Ze was nu zo alleen.
'Ik moest echt uitkijken. Brenda lette op alles wat ik deed of zei tegen jou. Voor haar was het een goed teken dat jij de pest

aan me kreeg. Alleen als ze honderd procent zeker wist dat ik voor haar was, zou ze misschien iets loslaten. Daar hoopte ik al die tijd op. De enige aan wie ik een keer iets heb verteld, is aan Wendy. '
Dat is niet erg; op Wendy is ze niet jaloers.
'Vertel maar verder.'
'Nee, ik wil eerst zeggen dat ik het al die tijd heel rot voor je vond.' Met zijn ene oog kijkt hij haar weer net zo aan als toen, zo warm. Ze bloost tot aan haar tenen, maar gelukkig zie je dat niet door haar verbrande vel. 'Ik was het helemaal met Wendy eens. Daarom heb ik aan haar ook een klein beetje verteld.'
'Geeft niet.' Tenminste, nu niet meer. In haar buik begint er van alles te fladderen. Ze is in geen weken zo gelukkig geweest!
'Wat gebeurde er gisteravond nou?'
'Die jongens kwamen naar me toe en vroegen waar ik me mee bemoeide, of ik soms een verklikker was. Daar stond Brenda dus bij. Ik deed net of ik niet wist waar ze het over hadden, maar dat was niet zo handig, geloof ik. Ze begonnen me meteen de steeg in te meppen. Weet je wel, dat stukje daar achter de Pomp. 'Vuile verrader,' riepen ze. 'Bart een beetje naaien.'
Joep zwijgt, zijn kapotte lip trilt. Met zijn ene oog staart hij somber voor zich uit. Hij was ook alleen, net als zij. Hij slikt. 'Brenda begon te schreeuwen dat ze moesten stoppen en rende weg om Bart te halen. Maar Bart was er niet. En ondertussen...' Weer stopt hij, maar hij moet verder vertellen; de film is nog niet afgelopen. 'Ik dacht dat ze me dood zouden schoppen. Met z'n tweeën... Van die enorme... Vooral als je daar ligt. Maar Brenda kwam met Mark en nog een paar jongens, en toen smeerden ze hem. Mark heeft me ook naar het ziekenhuis gebracht. Brenda ging mee. In de auto heb ik haar gezegd dat het allemaal kwam omdat zij had gelogen over Peter.'
'Hoe wist je dat zo zeker?'
'Dat had ze toch al tegen jou gezegd?'
Nee toch! Maar zo zeker wist zij het ook niet. Zeker niet nu

Peter... O wat erg, nu is Joep ook al in elkaar geslagen omdat zij...
'Wat is er?'
Wat moet ze zeggen? Dat ze het niet meer weet? Dat Peter problemen heeft met vrouwen? Dat het misschien toch waar is wat Brenda heeft verteld?
'Kijk eens even hier.' Joeps moeder komt aanlopen met een blad vol lekkers: croissantjes met ham, sap en aardbeien met slagroom. 'Jullie zullen wel dorst krijgen van dat gepraat. Lukt dat met je mond, Joep, of zal ik de aardbeien prakken?'
Ze geeft hem zijn glas aan. 'Gelukkig heeft hij zijn tanden nog. Wat een schrik hè?'
Ze kan alleen maar knikken.
'Voor jou is het ook een nare tijd geweest. Joep heeft me alles verteld. Maar ik vind het heel moedig van je dat je zo pal voor meneer Brandt bent blijven staan.'
Moedig... Ze moest een weten! Iedereen heeft ze meegetrokken in de ellende. Ze luistert nooit meer naar Esther!
'Was er veel gestolen bij jullie?'
Ze kan haast niet nadenken. 'Ja, nee, het valt wel mee. De video en zo.'
'Geen sieraden?'
'Nee.' Over haar computer begint ze maar niet. Ze wil horen van Joep wat Brenda zei. Misschien moet ze vanmiddag maar naar haar toe.
Joeps moeder voelt blijkbaar dat ze te veel is.
'Roep maar als jullie nog wat nodig hebben.' Ze vertrekt.
'Wat zei Brenda toen je dat tegen haar zei?'
'Ze begon te huilen.'
Zie je wel, haar schuld.
'Ze gaf toe dat het Peter niet was. Dat ze had gelogen.'
Echt? Echt waar? 'Maar wie was het dan?'
Joep aarzelt. 'Beloof me dat je het aan niemand vertelt. Dat moet ze zelf doen.'
'Ik beloof het.'
'Ze is doodsbang, begrijp je. Ik heb het verder ook tegen niemand verteld. Dus je moet echt je mond houden.'
Dat doet ze, op haar erewoord.

'Het is haar vader.'
Haar eigen vader? Wat erg! Ze ziet haar weer staan, die ochtend, onderaan de trap. Achter die norse, ongewassen man. Haar armen voor haar borst gekruist en in haar ogen dat grote geheim.
'Ik heb nog nooit iemand zo horen huilen,' gaat Joep verder. 'Het was alsof....' Zijn lip trilt weer. '... Alsof ze van binnen scheurde.'
Hij zwijgt.
Sorry Brenda, sorry sorry sorry. Ik wist het niet. Ik was kwaad omdat je Peter beschuldigde. Uitgerekend Peter, die zoveel voor ons doet.
'Waarom deed ze dat? Waarom zei ze dat Peter het had gedaan?'
'Hij had zijn arm om haar heengeslagen omdat ze problemen had. Dat vond ze te handtastelijk of zo, ze was bang dat hij meer wilde, en dat heeft ze thuis verteld. Toen werd haar vader zo kwaad; hij vond dat ze hem moest aangeven. Kun je nagaan!' Voor het eerst ziet ze woede op zijn gezicht. 'De klootzak!'

Op weg terug naar school heeft ze verschrikkelijk veel om over na te denken. Het moeilijkste vindt ze nog om te weten of ze verdrietig moet zijn of blij. Voor Brenda is het zo verschrikkelijk! 'Je denkt dat je alles weet, maar je weet niks! Hoor je dat? Helemaal niks!' Had ze het maar verteld, dan had ze haar kunnen helpen. Maar, en dat zei Joep ook, dan weet de hele wereld dat jouw vader een smeerlap is. En die moeder dan? Dat is ze vergeten te vragen: wist die moeder niets? Het komt nog wel een keertje. Joep was moe, dat merkte ze. Het zal wel een tijdje duren voor hij beter is. Vier gekneusde ribben, daar kan hij morgen nooit mee naar het slotfeest. Zij gaat ook niet. Ze begrijpt het van Brenda, maar door de rest voelt ze zich in de steek gelaten. Vooral door Milan en Myrthe.
Ze gaat steeds langzamer fietsen. Wat heeft ze nog te zoeken op school? Ze wil toch naar het gymnasium. Of niet? Joep is er natuurlijk wel, maar hij is niet verliefd op haar, hij vindt

haar alleen aardig. Toen ze net wegging vroeg hij niet wanneer ze weer kwam. Hij zei alleen dat hij blij voor haar was dat Milan en de anderen nu weer normaal tegen haar zouden gaan doen. Alsof dat het belangrijkste is. En hij wenste haar een fijne vakantie. Nou, dan ben je niet van plan om nog wat af te spreken. De vlinders in haar buik raken één voor één vleugellam. Ze gaat naar huis.

12

'LEERLING PRINS CLAUSCOLLEGE TREKT AANKLACHT TEGEN LERAAR IN'
De dag begint goed. Pap is helaas al naar de markt, dus hij kan niet meegenieten, maar samen met mam spelt ze het stuk in de krant van A tot Z. Er staat niet meer in dan ze al wist, maar het is toch fijn om te lezen dat het echt is.
'Het is erg voor Brenda, maar voor Peter ben ik blij,' zegt mam. Zij weet het niet van Brenda's vader, dat stond er niet in. Alleen dat Brenda in psychische nood verkeerde.
'Hoe laat is het, kan ik hem al bellen?' Ze heeft Peter nog niet eens bedankt voor zijn boek. Wel een beetje schandalig.
'Natuurlijk, voor zo'n bericht mag je hem best wakker bellen.'
Een beetje zenuwachtig is ze wel als ze hem aan de telefoon krijgt.
'Maaike!' Hij heeft het gelezen, ze hoort het aan zijn stem.
'Heb je het gelezen?' vraagt ze toch maar.
'Ik had het al gehoord. Brenda is hier gisteren geweest. Ze heeft me alles verteld. Het is ontzettend verdrietig.'
Hij weet het dus.
'Kom je nou weer op school?'
Peter aarzelt. 'Ik weet het nog niet. Ik moet erover nadenken.'
'Ik ook,' flapt ze eruit. 'Misschien ga ik naar het gymnasium.'
'Ben je daarom maar vast thuis gebleven? Vandaag is toch de laatste dag?'
'Ja, volgende week boeken inleveren en vanavond het slotfeest. Maar daar ga ik niet naartoe.'
Het is even stil aan de andere kant.
'Ben je daar nog?'
'Ja, ik zit te denken. Is het misschien een leuk idee om samen wat te gaan drinken in het dorp? Dan kunnen we verder praten.'
Even flitst het door haar heen dat dat verdacht is. Belachelijk, hoe kan ze het nog denken!

'In de Pomp?' lacht ze.
'Lijkt me wat veel,' lacht Peter ook. Ze spreken af in de Brink.

Ze zitten niet op het terras, want het regent. Dat zul je altijd zien: net als de vakantie begint, wordt het slecht weer. Ze drinken koffie en jus en eten er een groot stuk taart bij. Chocoladetaart, die is hier zo lekker!
'Nog bedankt voor het boek,' zegt ze.
'Heb je er wat aan?'
'Ik ben er nog niet in begonnen.'
'Heb je al in mijn horoscoop gekeken?'
'Ja, maar ik had de verkeerde datum. Ik dacht dat je achtendertig was.' Over de rest zegt ze maar niets.
'Jammer, ik was benieuwd wat je ervan had gemaakt.'
'Dan kun je beter naar Esther gaan. Zij kan het echt goed. En ze is erg aardig.' Want dat is zo. Ze schaamt zich dat ze haar stiekem de schuld gaf toen het verkeerd leek te lopen.
'Bestaan er dan aardige vrouwen?' vraagt Peter. 'Ik vind de meeste maar lastig. Erg lastig zelfs.'
Hij heeft problemen met vrouwen!
'Esther is heel erg aardig,' benadrukt ze nog een keer. Veel aardiger dan die Tessa.
'Probeer je me te koppelen?'
Dat is nog niet eens zo'n gek idee. 'Ze helpt andere mensen. Net als jij.'
'Daar is niet iedereen altijd even blij mee. Mijn vriendinnen vinden dat ik veel te veel aandacht besteed aan mijn leerlingen.'
'Is ze daarom weggegaan?'
'Tessa? Ja. Het ging al een tijdje niet meer. Maar laten we het eens over jouw school hebben. Want ik ben nog steeds je mentor.'

Ze praatten er wel een uur over. Peter vindt dat ze alleen naar het gymnasium moet gaan als ze echt kiest voor die school. En niet omdat ze denkt dat daar leukere leerlingen op zitten. 'Dat verandert allemaal weer,' zei hij. 'Net als het weer.'

Dat kun je wel zeggen. Zo stralend als het de afgelopen weken was, zo nat is het nu. Toch gaat ze eerst langs het tuincentrum om zo'n blauwe bloemetjesplant te kopen voor Esther. Dat heeft ze nog steeds niet gedaan. In de stromende regen fietst ze met de plant bungelend aan haar stuur naar Esthers huis. De auto staat er niet, dat is pech. Maar ze gaat niet weer met die plant op stap; ze laat hem mooi bij de voordeur staan.
'Maaike!' Milan komt aangerend. Hij heeft haar zeker gezien toen ze langs reed. 'Ik heb wat voor je.' Hij geeft haar een van zijn bekende pakjes, maar nu wat groter. Bibberend in zijn dunne shirtje wacht hij tot ze het openmaakt.
'Ik ga wel even met je mee.' Buiten is nu niet de lekkerste plek om pakjes open te maken.
Milans gezicht klaart op. 'Zullen we die plant dan ook mee naar mijn huis nemen? Anders wordt hij misschien gejat.'
Druipend staan ze even later in de keuken. Ze trekt haar jas uit.
'Wil je wat drinken?' vraagt Milan.
'Moet je niet eerst een ander shirt aantrekken?'
'Nee.' Rillend trekt hij de koelkast open. Typisch Milan.
'Wat eh... Hoe was het gister bij Joep?'
'Ze hebben hem bont en blauw geslagen. Hij heeft zijn ribben gekneusd.' Veel meer wil ze er niet over kwijt. Laat hij eerst zelf maar eens wat vertellen.
'Ben je nog bij Brenda geweest?'
'Nee... nee. Ik denk niet dat ze het leuk vindt als ik kom.'
'Doe niet zo laf. Je hebt er weken de deur plat gelopen.' Ze wordt weer kwaad, ze kan er niets aan doen. 'Misschien heeft ze je wel extra nodig nu.'
Milan zwijgt.
'Ben je niet verliefd meer?'
'Op Brenda? Dat ben ik nooit geweest.'
'Kom nou, dat zeg je alleen maar omdat je nu weet dat ze heeft gelogen over Peter.'
'Echt niet.' Het komt er overtuigend uit.
Hoe zit dat dan met die geïdealiseerde spirituele liefdesaffaire?
'Ook niet op iemand anders?'

Milan bloost; hij neemt gauw een slokje van zijn sap. Zie je wel!
'Op wie? Dan vertel ik over Joep.'
Milan bloost nog harder.
'Toch niet op mij?' Daar was ze eerst ook al bang voor.
'Ik ga iets anders aantrekken,' is zijn enige antwoord. Daar schiet ze wat mee op.
Als hij boven is, pakt ze zijn cadeautje uit. Ze had een kettinkje verwacht, maar het is een soort opengewerkt kapje van kralen. Daar moet hij dagen en dagen mee bezig zijn geweest. Ze weet niet of ze het durft te dragen, maar het is een juweel! Ze bekijkt zichzelf voor de spiegel. Milan komt binnen, ze ziet hem kijken. Opeens heeft ze medelijden met hem.
'Milan, ben je echt niet verliefd op mij? Dit is zo mooi.' En het staat haar ook mooi, als je even niet let op haar bladderende neus.
Hij schudt zijn hoofd. 'Zit het goed?'
'Maar waarom zat je dan steeds bij Brenda? Alleen omdat je medelijden had?'
Weer schudt hij zijn hoofd. Ze moet oppassen, want als ze te lang doorvraagt, wordt hij kwaad. Ze waagt het nog één keer.
'Waarom dan?'
Hij wordt niet kwaad. 'Niet verder vragen,' zegt hij alleen.

Tot haar grote verbazing is er thuis een enorm boeket bezorgd van de school. Het is gericht aan het hele gezin. 'Als kleine pleister op de wonde,' heeft Harteveld op het kaartje geschreven. En daaronder staat: 'Tot vanavond, Maaike.'
Dat zal niet gebeuren, maar ze vindt het wel heel aardig. Wat is iedereen toch lief vandaag! Eerst Peter, toen Milan en nu meneer Harteveld weer.
'Is het slotfeest vanavond al?' vraagt mam.
'Ja, maar ik ga niet.'
'Waarom niet?'
'Niet leuk.'
'Hoe weet je dat? Je hebt nog nooit een slotfeest op deze school meegemaakt.'

'Ik ga toch niet.' Als ze denkt aan al de hoofden die zich de afgelopen weken hebben omgedraaid als ze langs kwam... En gisteren heeft ze ook niets gehoord, zelfs niet van Myrthe. Nee, ze doet het niet.
'Jammer,' zegt mam. 'Ik denk dat je wat mist.'

Maar om zeven uur verandert alles. Ze is net de afwasmachine aan het inruimen als Myrthe en Milan opeens in de kamer staan. Zij zijn al klaar voor het feest.
'Aankleden,' zegt Myrthe.
Ze wil protesteren maar dat heeft geen zin; Myrthe trekt haar mee naar boven en Milan ruimt de troep verder op.
'Moet je nog douchen?' Myrthe houdt stil voor de badkamer.
'Ja, maar...' Ze wil toch nog wel wat zeggen.
Myrthe zet de kraan aan. 'Ik weet het al, het was stom. Ik heb je laten zakken. Het spijt me.' Ondertussen stoomt ze gewoon door naar haar kast.
'Wat trek je aan?'
Haar jurk, haar feestjurk. Ze kleedt zich uit en laat het water over haar gezicht lopen. Ze moet lachen en huilen tegelijk.
'Wat?'
'Hier Myrthe.' Mam helpt ook een handje.
Joëlla ziet haar kans schoon en komt met kleren en al bij haar onder de douche staan.
'Regent, regent,' zingt ze.
'Opschieten,' roept Myrthe. 'Je moet over een half uurtje klaar zijn.'
Haar tranen droogt ze tegelijk met haar haar. Mam neemt Joëlla voor haar rekening.
Even later staat ze mooi te wezen voor de spiegel. Milan komt ook kijken.
'Doe eens op,' zegt hij. Hij geeft haar het kralen kapje.
'Ik ook,' roept Joëlla.
'Niks ervan,' zegt mam. 'Laat eens kijken, Maaike.'
Ze durft het niet, niemand draagt zoiets.
'Toe nou,' dringt Myrthe aan. 'Het is gaaf man! Anders wil ik het wel op.'
Oké. Ze zet het op; de kraaltjes vallen als een pagekapsel

rond haar hoofd en tussen haar haar. Het is zo mooi maar ook zo eng!
'Schijterd,' scheldt Myrthe. 'Durft wel Harteveld uit te kaffe-ren maar is te bang om dat ding op te houden. Geef dan maar hier.'
Niks ervan! Waarheid en durven: het staat prachtig dus ze gaat ermee naar het feest.

Om precies half acht stopt er een limousine met chauffeur voor het huis. Wendy stapt uit en loopt naar de voordeur.
Mam schiet in de lach. 'Wat krijgen we nou?'
'Kom Milan, wij gaan vast.' Myrthe en Milan verdwijnen door de achterdeur en komen niet meer terug. Ze moet mee met Wendy de limousine in.
Mam staat met Joëlla voor het raam te zwaaien. Je kunt zien dat ze in tranen is.
'Van wie is deze auto?' vraagt ze aan Wendy. Ze kunnen er wel met z'n achten in!
'Van ons. Van de zaak,' zegt Wendy.
Ze slaan niet linksaf richting school.
'Waar gaan we naartoe?'
'Dat merk je wel,' zegt Wendy, terwijl ze haar kralen kapje bekijkt.
Ze voelt zich toch wel een beetje opgelaten.
'Jee, wat zie je er mooi uit. Hoe kom je aan dat ding?'
'Van Milan gekregen. Hij heeft het gemaakt.'
'Dat mag hij voor mij ook doen. Ben je nou op hem?'
'Ik? Op Milan? Wie denkt dat?'
'Joep.'
Je zult zien dat het heel anders is dan je denkt, hoort ze Esther zeggen.
'Nee, Milan is een soort broertje van me.'
'Zie je nou wel,' lacht Wendy. 'Dat zei ik al, maar hij geloof-de me niet. Hij dacht dat je jaloers was omdat hij steeds bij Brenda zat.'
Dacht hij dat? Zou hij daarom...
'Hij is straal verliefd op je. Zie je dat niet?'
Nee, ze ziet een hoop maar... De zenuwen slaan toe, de vlin-

ders fladderen door haar hele lijf. Wat zonde dat hij er vanavond niet bij kan zijn!
Wendy lacht. 'Dat wordt nog wat. Milan zal het er alleen wel moeilijk mee hebben.'
'Milan is niet op mij.'
'Niet op jou, nee.'
'Wat bedoel je dan?'
Wendy schudt haar hoofd. 'Laat maar. Vergeet het.'
Even komt de gedachte boven. Milan op Joep?
Tijd om erover na te denken heeft ze niet, want de auto gaat richting De Kolk. Ze begrijpt het al!
'Gaan we Peter afhalen?'
Wendy knikt. Ze wijst naar het huis schuin aan de overkant.
'Hier woont één van die jongens van Bart, vertelde Didier. Hij herkende hem van Pentac Silat.'
De jongen die zijn auto stond schoon te spuiten; hij heeft haar dus verraden. Hoe Didier aan die wijsheid komt, hoort ze niet meer want ze staan al bij Peter voor de deur.
'Weet hij het?'
'Wat dacht jij? Natuurlijk niet. Maar hij is wel thuis, daar hebben we voor gezorgd.'
Samen gaan ze aanbellen. De buurvrouw links moet prompt haar plantjes water geven. Ze kijkt met grote ogen naar de limousine.
Peter doet open.
'We komen je halen,' zegt Wendy. 'Wil je je nog verkleden?'
Net als zij is hij even van slag.
'Ik zou zo worden...' begint hij. Dan begrijpt hij het. Zijn ogen schieten vol.
'Ik kom er aan,' zegt hij. 'Gauw even de kat eten geven.'

Ze wachten in de limousine. Bijna huppelend komt Peter aangelopen en stapt bij hen in. De auto trekt langzaam op, de buurvrouw zwaait, zij zwaaien terug.
'Wat een goed idee, Wendy.' Peter gaat comfortabel achterover zitten. 'Hier rechts.'
Maar ze gaan niet rechts, ze rijden rechtdoor.

‘Ik dacht dat we naar school gingen?’ Peter kijkt verbaasd om zich heen.
Wendy zegt niets; ze moet steeds lachen.
Bij de watertoren heeft ze het door. Joep, ze gaan naar Joep! Zie je, ze draaien zijn straat al in. Ze stoppen voor het hoge huis met de erker.
‘Bel jij maar aan,’ zegt Wendy.
Waarheid en durven; ze krijgt dat rotzinnetje niet meer uit haar hoofd. Ja, ze is verliefd, dus ja, ze belt aan.
‘Dag Maaike. Kom verder.’ Joeps moeder is niet verrast, ze zit blijkbaar in het complot.
‘Kijk eens Joep, iemand komt je halen voor het feest van vanavond.’
Ze zwaait de deur naar de zitkamer voor haar open. Joep zit voor de televisie. Hij draait zijn hoofd voorzichtig haar kant op. Het verband is er af, hij is nu meer bont dan blauw, hij kan haar weer met twee ogen aankijken, maar zijn brede lach is nog zo scheef als hij maar scheef kan zijn. Met de grootste moeite komt hij overeind.
‘Ik ga met je mee,’ zegt hij.

Wat gebeurt er verder met Maaike,
Joep, Milan, Brenda, Bart
en de anderen?

Lees ook deel 2 van

TRUTH AND DARE